1

Es handelt sich um Geschichten, die das Leben schrieb aus einer Zeit, die mit dem Verschwinden der konventionellen Stückgutfrachter und dem technischen Fortschritt unwiederbringlich zu Ende ging.

Es verschwanden viele Berufe, an Bord und an Land und mit den Menschen eine ganze Kultur. Es verschwand auch so manche Institution, wie zum Beispiel die Funkstation „Norddeich-Radio" und mit ihr der Funker an Bord.

Andere Berufe änderten sich und ihre Bedeutung im „System Schiff" nahm ab. So hat sich durch die moderne Satelitennavigation und –komunikation das Berufsbild des Nautikers gewaltig verändert. Das Schiff fährt nach Fahrplan und die Reederei an Land ist zu jedem Zeitpunkt in der Lage das Funktionieren des Systems „Schiff" zu kontrollieren und gegebenenfalls Einfluss zu nehmen, sei es Maschine oder Brücke…

Die Zeiten, in denen die Geschichten spielen, sind schon einige Jahre vorüber, und viele Ausdrücke und Bilder im Sprachgebrauch selten geworden, beziehungsweise verschwunden.

Der Autor hat in der Regel darauf verzichtet, alle Fachausdrücke, Eigennamen und traditionelle Bezeichnungen besonders zu kennzeichnen, um den Fluss der Erzählung nicht zu behindern. Stattdessen findet sich im Anhang eine ausführliche Liste mit einer Erklärung der jeweiligen Bedeutung der Ausdrücke.

Auch wurde manche damals übliche Redensart beibehalten. Ein Beispiel mag dies verdeutlichen: Hein Seemann _ist_ nicht auf XY gefahren, sondern er _hat_ auf XY gefahren. Auch hat er keinen Kassettenrekorder (Tango-Diesel) besessen, sondern er hat einen Rekorder gefahren.

Der Autor

Hermann Ays, geboren und aufgewachsen in Baden, fuhr ein Vierteljahrhundert zur See. 1991 ging er in Spanien an Land und lebt seit 2010 als Rentner in Hamburg

Hermann Ays

Hein Daddel in memoriam

und andere Geschichten

Bibliographische Informantion der Deutschen National-bibliothek:
Die Deutsche Nationalbibliothek verzeichnet diese
Publikation in der Deutschen Nationalbibliografie;
Detailierte bibliographische Daten sind im Internet
Über http://dnb.de abrufbar

2017 Name des Autors / Rechteinhabers
Hermann Ays

Herstellung und Verlag: BoD – Books on Demand
Norderstedt

ISBN- 9 783848222872

Inhalt

Martina für ihren Einsatz als Lektorin gewidmet.

1.   Hein Daddel in memoriam

Am Schönsten war das Fahren auf den alten, konventionellen Frachtern. Mit ihrem Verschwinden ging eine ganze Kultur unter. Die Arbeits- und Lebensweise der Seeleute hat sich seither total verändert. Nicht verändert aber hat sich die Faszination und Schönheit der See.

„Hein Daddel" war an Bord die Bezeichnung für den Durchschnittsseemann, das Gegenstück zu „Otto Normalverbraucher" für den Durchschnittsbürger an Land.

Auf den alten Frachtern wohnte Hein Daddel im Heck unter Deck über der Schiffsschraube, genannt ‚Hotel Schraube'. In dem darüber liegenden Deckshaus waren in der Regel die Messe und die Pantry untergebracht.

Hein Daddel hatte so einige Eigenheiten.

So war er in der Regel ledig und als Matrose oder Decksmann an Deck zu Hause. – Schmierer und Reiniger gehörten auch dazu, aber nicht so ganz... Er legte sich gern mal mit dem Scheich (Bootsmann) oder dem Storekeeper in der Maschine an, trank öfters einen über den Durst und ließ in „Kanakeranien" die Puppen tanzen.

Hein Daddel hatte einen Heidenrespekt vor dem Alten (Kapitän) auch bekannt als "master next God". So Mancher hatte auch einige Strafanträge gesammelt, beantragt vom Kapitän beim Seemannsamt, für irgendwelche Untaten an Bord.

In der Regel fuhr Hein Daddel lange Zeit an Bord eines Schiffes, ein Jahr galt als gute Fahrtzeit, aber auch 18 Monate am Stück waren keine Seltenheit. An Land hielt er es nie lange aus, drei Wochen über einer Kneipe auf St.Pauli, im Seemannsheim oder im Stammhotel in Hamburg waren üblicherweise genug.

Hein Daddel war immer stolz auf den ältesten ‚Dampfern', bei der verrufensten Reederei gefahren zu haben. Bei der Annäherung an einen deutschen Hafen hatte er gern Schulden beim Funker, die beste Absicherung gegen einen ‚Sack' (Kündigung). Der Funker war für die Verwaltung zuständig, unter anderem zahlte er die Vorschüsse aus.

Auch zum Koch hatte Hein Daddel gern ein gutes Verhältnis, denn der hatte den Schlüssel zum Kühlraum – praktisch, wenn man sein Bier nicht warm trinken wollte.

Seine Schiffe holte sich Hein Daddel in Hamburg in der Regel bei ‚Max' auf dem Heuerstall - heute ‚Hotel Hafen', oberhalb der U-Bahnstation ‚Landungsbrücken'.

Bei den großen Linienreedereien wie Hapag, genannt ‚Gottes eigene Reederei' oder Hamburg-Süd war er in der Regel nur auf den älteren Schiffen anzutreffen, denn die Seeleute, die etwas auf sich hielten, wollten immer den neuesten Schiffe fahren. Da war das Leben leichter,.

Da wurde ‚Style gefahren', das heißt, man hielt etwas auf Disziplin und es herrschte ein gewisser Dünkel gegenüber anderen Companies. Man war in der Regel stolz, nie bei einer anderen Reederei gefahren zu haben.

Über Egon Reith, einen Trampreeder, war Hein Daddel natürlich begeistert, als er 1970 zu der Zeit, als der Container sich langsam in der Schifffahrt durch setzte, in einer Zeitung erklärte: „Was dem Seemann fehlt ist nicht eine bessere Kammer und eine höhere Heuer, nein, was dem deutschen Seemann fehlt, ist Disziplin...."

Das war was für Hein Daddel. Diese Töne waren ihm vertraut – und dann noch vom Chef einer der verrufensten Tramp-Reedereien, aber die hatten immer die interessantesten Tripps und die ältesten ‚Gurken' (Schiffe).

Vertrieben haben Hein Daddel Container und technischer Fortschritt. Mit dem Wegfall des Ladegeschirrs und der konventionellen Ladung, der Verminderung der Besatzungsstärke und last but not least, der Abschaffung des Matrosen kam ihm seine vertraute Welt abhanden.

Wo steckt er heute? Wo ist er abgeblieben? Ganz sicher hat er, wenn er noch lebt, eine Rente, war vielleicht noch einige Jahre im Hafen beschäftigt. So mancher sitzt knatterig und einsam im Seemannsheim oder in irgendeinem Altenheim und jubelt den Mitbewohnern Stories unter, von damals auf den schönen, alten Frachtern mit den tollen Trips, verrückten Gangs und tyrannischen Kapitänen.

2.   Eine Seebestattung

Es war der erste ruhige Abend seit längerem. Die Seeleute saßen noch nach dem Abendessen zusammen in der Messe, achtern im „Hotel Schraube". Das Essen hatte gut geschmeckt, alle waren zufrieden. Da ging die Tür auf und der Alte kam herein, hinter ihm der 1.Steward mit einer Kiste Bier. Neugierig warteten die „Sailors", was das wohl bedeuten sollte.

Das Schiff hatte den „Englischen Kanal" passiert und schaukelte durch die Biscaya. Das Wetter war schlecht, 8-10 Windstärken aus Nordwest, Die See kam von schräg von achtern und der „Dampfer" arbeitete mächtig in der schweren See und Dünung. Hatte ein Seemann von achtern mittschiffs zu tun, tat er gut daran aufzupassen, dass ihn Rasmus von steuerbord her nicht erwischte und ordentlich durchnässte.

Die letzten Wochen, die Küstenreise, waren ziemlich anstrengend gewesen. Das Schiff war alt, in den frühen fünfziger Jahren gebaut und entsprechend arbeitsintensiv. Dazu kam noch die Belastung durch die kurzen Entfernungen zwischen den Häfen. Bei dieser Jahreszeit, Oktober / November mussten drei Matrosen auf Wache antreten - einer auf der Brücke am Ruder, einer auf der Back, um bei der in der Regel schlechten Sicht Ausguck zu halten und auf Nebelsignale zu achten und der dritte Mann in der Nock neben der Brücke, ebenfalls auf Ausguck und „stand by". Nach einer 1 Stunde 20 Minuten wurde gewechselt. Der Mann in der Nock löste den Ausguck auf der Back ab, der übernahm das Ruder und der Rudergänger begab sich in die Nock. So eine Wache konnte ganz schön lang werden, vor allem der Törn von Mitternacht bis vier Uhr morgens.

Die volle Besetzung auf Wache war auch bitter notwendig. Die Verkehrstrennungsgebiete im „Englischen Kanal" waren noch nicht bindend und eine Überwachung des Schiffsverkehrs, wie sie heutzutage üblich ist, nicht vorhanden. Immer wieder kam es zu schweren Unfällen, weil jeder fuhr, wie es ihm gerade passte. Vor allem die vielen kleineren Fischer fuhren, wenn sie am Fischen waren, in dem Bewusstsein, dass alle anderen Schiffe ausweichpflichtig waren, kreuz und quer durch den „Englischen Kanal".

In der Regel fuhr der Alte so, dass das Schiff morgens zur ersten Schicht an der Pier lag. Das hieß alle Mann an Deck, Schiffchen „klar" und an der Pier festmachen. Da wurde jede Hand gebraucht. Das Ladegeschirr war natürlich auch total veraltet. Das bedeutete die Ladebäume wurden noch mit Hilfe von „Geien" von Hand bewegt. Geien waren Taljen die mit dem einen Ende an der Spitze eines Ladebaums und mit dem anderen Ende an der Verschanzung an Deck befestigt waren. Mit der Gei wurden der „landseitige" Ladebaum über die Pier manövriert und der „wasserseitige" über die Luke. Das Ganze war auch noch besonders mühsam, wenn die Taue der Taljen noch nicht aus Kunststoff, sondern aus pflanzlichen Manila-Fasern gefertigt waren. Bei Nässe quollen Manilafasern auf und das Tauwerk wurde dadurch besonders steif.

Die Luken mussten geöffnet werden usw...

Außerdem musste ab und an das Schiff an der Pier verholt werden, also zum Beispiel 50 Meter voraus oder zwanzig Meter zurück.

Der Container hatte sich damals noch nicht durchgesetzt, das bedeutete, jede Kiste, jeder Sack wurde mit dem Ladegeschirr an Bord gehievt. Auf dem Schiff wimmelte es nur so von Schauerleuten, deren Job es war, die Ladung an Bord zu verstauen oder umgekehrt aus den Räumen zu schaffen.

Auch sonst gab es für die Seeleute ordentlich zu tun. Stauholz musste gestapelt, Laderäume gefegt, Ladung gegen Übergehen gesichert und sonst noch alles Mögliche erledigt werden. Mitunter kam es auch vor, dass ein Draht im Ladegeschirr brach und der dann möglichst schnell ersetzt werden musste.

Meist blieb das Schiff einige Tage im Hafen, bis die letzte Kiste, der letzte Sack an Bord oder an Land war. Irgendwann ging es weiter, das hieß Schiffchen „seeklar" machen, also Luken schließen, Ladebäume festsetzen, Leinen los und auslaufen. Unter den Festmacherleinen gab es noch Leinen aus Manilafasern, eine einzige Quälerei bei Nässe, denn die Leinen mussten alle unter Deck verstaut werden.

Trotzdem war man an Deck guter Dinge, denn es ging nach Brasilien, nach Amazonien – in die Wärme…

Doch zurück, zum Anfang der Geschichte, zum Kapitän mit seiner Kiste Bier. Als erstes bekam jeder „Sailor", natürlich auch die vier Maschinisten, zwei Reiniger, ein Schmierer und der „Storekeeper", das Gegenstück zum Bootsmann an Deck, ein kühles Bier. Als alle versorgt waren, kam der Alte mit seinem Anliegen heraus. Die Frau eines guten Freundes war verstorben und der Alte hatte ihm versprochen, ihr ein Seebegräbnis zu verschaffen, wie sie es sich gewünscht hatte. Er hatte ihre Asche in einer Urne mitgebracht und wollte das Ganze würdig in Szene setzen. Der Alte hatte die Idee, dass die Gang einen kleinen Chor bilden und mit einigen "Shanties" die ganze Veranstaltung untermalen könnte.

Die Seeleute waren natürlich sofort begeistert – dem Alten einen Gefallen tun, hieße ja vielleicht bei der nächsten Missetat auf ein milderes Urteil hoffen zu können. Es war die Zeit, in der ein Kapitän, genannt „master next God", noch richtig mächtig war. Seine schärfsten Waffen waren der „fristlose Sack" = fristlose Kündigung und der Strafantrag beim Seemannsamt in Deutschland.

Außerdem hatte der Alte die Schiffskasse und entschied über die Vorschüsse für die Seeleute, die der Funker auszahlte. Gefürchtet war auch bei dem einen oder anderen der so genannte „Alkoholstop", das heißt der Betroffene konnte beim Funker weder Bier noch Schnaps erstehen.

Aber zurück in die Messe. Die Versammlung entschloss sich, einen Chor zu gründen. Ein Name war schnell gefunden und sie nannten ihn den „Chor halbe Lunge". Für einen richtigen Shantychor brauchte man aber auch einen Vorsänger. Für diese Position bot sich der Bootsmann an. Er war schon etwas älter, immer durstig und seine Kehle hatte er ordentlich mit Zigaretten geteert.

Unter Aufsicht des Kapitäns übte man tüchtig und hielt die Kehlen mit etlichen Bieren geschmeidig.

Am nächsten Morgen schritt man zur Tat. Auf dem Poopdeck, dem Deck des achtersten Deckshauses, baute der

Zimmermann zusammen mit den Matrosen einen Tisch auf. Zwischen dem fast mannshohen, hölzernen Steuerrad der Notsteueranlage und der achteren Reling bauten sie aus zwei Holzböcken und drei Lukendeckeln einen Tisch. Die zwei Meter langen Lukendeckel, hölzernen Bohlen, mit denen die Luken im Zwischendeck abgedeckt wurden, mussten in der Regel von zwei Mann bedient werden.

Der 1.Steward ließ es sich nicht nehmen, den Tisch mit einem weißen Tischtuch zu dekorieren. Einige Blumensträuße, sie hatten die Tage im Kühlraum überdauert, wurden auf den Tisch genagelt, denn der achterliche Wind, der über Nacht etwas abgeflaut war, hatte wieder zugenommen, so um die 8 Windstärken. Das Schiff ging in der achterlichen See furchtbar zu kehr, die Männer mussten sich ständig irgendwo festhalten. Allerdings schlugen die Brecher nicht mehr über die Verschanzung an der Luvseite, es gab höchstens noch etwas Spritzwasser. Auch lief die Maschine wieder auf voll, denn der Alte hatte am gestrigen Tag etwas einlegen müssen.

So waren also alle Vorbereitungen erledigt, die Seeleute standen in sauberen Klamotten rechts und links vom Tisch. Von den oberen Chargen von mittschiffs waren auch alle gekommen, die nicht irgendwo im Schiffsbetrieb gebraucht wurden.

Der Alte kam in seiner blauen Uniform und brachte die Urne feierlich nach achtern. Unterwegs bekam er etwas Spritzwasser ab, das aber seiner Autorität keinen Abbruch tat. Die Urne wurde auf den improvisierten Tisch gestellt und mit „Schiemansgarn", einer Art dicke, geteerte Schnur, die beim Spleißen von Drähten gebraucht wurde, festgebunden, damit sie nicht vorzeitig über Bord kullerte.

Damit war alles klar, der Chor stand an backbord Seite, der Vorsänger einen Schritt vor den Sängern. Der Kapitän ohne Mütze, die hätte er bei dem Wind sowieso verloren und mit klatschnassen Haaren, hatte sich mit einem großen Buch vor dem Tisch positioniert. An steuerbord Seite standen die übrigen Teilnehmer, sogar der rundliche Koch und einer seiner Kochsmaaten in ihren frisch gewaschenen, weißen Kochsjacken hatten sich eingefunden. Einige der Janmaaten wunderten sich insgeheim, wie der Dicke die Leiter auf das Poopdeck geschafft hatte.

Und dann ging es los. Der Scheich (Bootsmann) hatte extra seine weiße Dienstmütze aufgesetzt, denn egal auf welchem Schiff, der Scheich hatte immer eine weiße Mütze auf, und stimmte den ersten Shanty an. Er sang jeweils eine Strophe und der Chor sang den Refrain. Der Scheich machte seine Sache ausgezeichnet. Irgendwie passte er mit seiner „versoffenen" Stimme zu der ganzen Veranstaltung. Aber so mancher wunderte sich im Stillen, woher das alte Wrack noch die Energie nahm und vor allem, dass er sich den Text gemerkt hatte.

Dann hielt der Alte eine Ansprache. Als erstes stellte er fest, dass er in der Bibel nichts Passendes für Seeleute gefunden hatte. Die einzige Geschichte, die von Jonas, der außenbords gegangen, von einem Walfisch geschluckt und wieder an Land ausgespuckt worden war, fand er nicht so passend.

Er schlug also sein dickes Buch auf, in dem er sein Manuskript transportiert hatte und begann die eigentliche Trauerrede. Und irgendwie kam er auf Aphrodite. Und dass die Verstorbene in der anderen Welt, wie die griechische Göttin Aphrodite im Schaum der Brandung wiedergeboren würde, jung und schön, wie ihr Mann sie vor über vierzig Jahren kennengelernt hatte… Mit einigen Anekdoten, die ein ziemlich klares Bild der Verstorbenen zeichneten, brachte er seine Rede zum Abschluss. Die Seeleute waren sichtlich ergriffen.

Dann sang der Chor noch zwei Shanties, „My Bonnie…" und natürlich „Rolling Home…" Die Urne wurde losgebunden und vom Alten selbst feierlich der Sturm gepeitschten See übergeben. Die Blumen flogen hinterher. Sie wurden gleich vom Wind verweht. Der Chor sang noch den Shanty „What shall we do with the drunken sailor…"

Damit war der offizielle Teil der Veranstaltung war zu Ende. Der Alte klappte sein dickes Buch zu und lud alle Beteiligten noch zu einem kleinen Umtrunk nach mittschiffs in den großen Salon ein.

Aufgekratzt zogen die Seeleute mit alle Mann nach mittschiffs und setzten sich im Salon fest. Der Kapitän war ein guter Geschichtenerzähler und unterhielt seine Gäste mit allen möglichen Anekdoten. Der erste Steward sorgte für Getränke und die Stimmung stieg.

Irgendwann traute sich dann auch ein Maschinist zu fragen, wer denn eigentlich Aphrodite sei. Er hätte noch nie von ihr gehört.

Auch die anderen Seeleute schauten gebannt auf den Alten.

Der wusste eigentlich auch nicht so viel, nur dass sie bei den alten Griechen die Göttin der Schönheit und Anmut gewesen und im Schaum der Brandung als schöne Frau wiedergeboren worden war. Das war ein Thema für die Seeleute. Jeder hatte noch eine Geschichte auf Lager. Gut gelaunt gingen die Trauergäste zum Mittagessen.

Als die Matrosen danach wieder an Deck kamen, hofften alle, dass sie den Nachmittag im trockenen Kabelgatt beschließen könnten – Stroppen aus Draht oder Tauwerk spleißen, Persenning flicken und ähnliche Arbeiten.

Der erste Offizier war aber anderer Meinung. Er hatte den Scheich angewiesen, „Farbe waschen" zu lassen. So fanden sich die Seeleute mit Eimern voll Seifenlauge, Leuwagen und Twist an Deck wieder und schrubbten die weißen Schotten der Aufbauten.

Nichtsdestotrotz war man sich beim Abendbrot achtern in der Messe einig - das war eine tolle Seebestattung.

3.   Shanghait

„Shanghaien" ist der Ausdruck für das „an Bord locken" eines unbedarften Seemannes mit allen Tricks. Früher war es bei der englischen Marine üblich, die Mannschaft an Bord zu „pressen", eine etwas härtere Gangart des „Shanghaien". Praktisch ging das so vor sich, dass der Kandidat erst einmal betrunken gemacht und dazu gebracht wurde, „Handgeld" anzunehmen. Anschließend wurde er dann in seinem hilflosen Zustand an Bord gebracht und wachte in der fremden Umgebung auf. Wurde er aufsässig, machte er gleich Bekanntschaft mit der „neunschwänzigen Katze", einer Peitsche mit 9 Stricken...

Ganz so schlimm war es Ende der 60er Jahre nicht mehr. „Westindien-Heinz" - er hieß so, weil er bei einer Linienreederei fünf Jahre lang auf Westindien gefahren hatte - fuhr, wenn er abgemustert hatte, zum Erholen grundsätzlich zu seiner Schwester und deren Familie nach Süddeutschland.

Die Kollegen, die in Hamburg blieben, versackten in der Regel auf dem Kiez (St.Pauli). Meist bezogen sie ein Quartier über der Stammkneipe, bezahlten ihre Zeche, die vom letzten Mal noch offen war und gaben dem Wirt für Quartier, Getränke und Verpflegung eine größere Summe im Voraus.

Die Wirte waren erstaunlich fair, aber dennoch hörte der Urlauber nach spätestens drei Wochen den Satz: „Sie zu, dass du an Bord kommst, dein Geld ist alle."

Heinz hatte keine Lust sein sauer verdientes Geld den Wirtsleuten und den in den Kneipen herumlungernden „Beachcombern" in den Rachen zu schmeißen. Von den teuren Damen ganz schweigen....

Bei den „Beachcombern" handelte es sich meistens um ehemalige Seeleute, die zu alt und/oder zu krank zum Fahren waren und immer durstig in und um die Kneipen herumlungerten.

Heinz war eben aus Süddeutschland zurückgekommen und wie immer im Seemannsheim am Fischmarkt abgestiegen. Es war sauber und nebenan lag der „Haifisch", eine gemütliche Kneipe, bevölkert von Fischern, die an der alten Fischauktionshalle ihren Fang löschten, Seeleuten auf der Suche nach einem vernünftigen Schiff und allerlei sonstigem Publikum. St.Pauli war ja nah.

Die Dekoration im Haifisch eine gelungene Mischung aus allem Möglichen. An der Decke hingen Fischernetze, darin Souvenirs aus aller Welt, die Seeleute hier gelassen hatten. Da machte der ausgestopfte Kugelfisch der afrikanischen Maske den Platz streitig, der „garantiert" echte Schrumpfkopf aus dem Urwald gesellte sich zum Buddelschiff und etlichen „Glockenbändseln", kleinen Kunstwerken aus Tauwerk, die eigentlich am Klöppel der Schiffsglocke befestigt wurden.

Ein großes Krokodil beherrschte die ganze Decke.

Und natürlich war die Kneipe wie immer verraucht, man meinte die Luft mit einem Messer schneiden zu können.

Nach dem Frühstück, so gegen neun Uhr, machte Heinz sich gemütlich auf den Weg nach Landungsbrücken. Er wollte zu Max, der im Seemannsheim oberhalb des U-Bahnhofs Landungsbrücken, dem heutigen Hotel Hafen, in seinem „Heuerstall" residierte. Das Heim hatte keinen guten Ruf, aber Max war bekannt. – Er hatte immer gute Schiffe im Angebot.

Unterwegs, es war noch auf dem Fischmarkt, sprach ihn ein Macker an: „He Seemann, suchst du ein Schiff…?"

Eigentlich reagierte Heinz auf so eine Anrede nicht, denn es waren oft Kümo-Kapitäne und Angestellte von irgendwelchen Reedereien, die dringend einen Seemann brauchten und es auf diese Art versuchten. Es war ja so, Seeleute waren mal wieder knapp und die Reeder mit alten Schiffen, genannt „Never come back – Liner" in der Trampfahrt hatten Mühe genügend Leute anzumustern. Außerdem residierte der Verband der Küstenmotorschiffe in einem der alten Häuser am Fischmarkt.

Im Moment hatte Heinz gerade noch einen Hunderter in der Tasche und ein Schiff brauchte er auch. Also war er nicht abgeneigt. Aber zuerst ging es in eine der Kneipen am Fischmarkt. Der Fremde bestellte ein großes Bier für Heinz und einen Kaffee für sich selbst.

Heinz war schon etwas angetan. Sie hatten an einem der Tische im Hintergrund Platz genommen und Heinz erfuhr Näheres. Es handelte sich um ein Schiff der „Poseidon-Linie", die Kanada und „Große Seen" bediente. Von Poseidon hatte er schon gehört, ordentliche Reederei, gutes Essen, relativ moderne Schiffe. Auch der Name „Transgermania" klang vertrauenserweckend, die meisten Schiffe bei dem „Verein" fingen mit „Trans-" an.

Der freundliche Mensch hatte auch gleich einen Heuerschein dabei. Heinz unterschrieb, trank sein Bier aus, verabschiedete sich von seinem neuen Bekannten, griff sich ein Taxi und ließ sich zum Seemannsamt kutschieren, um in die Musterrolle eingetragen zu werden. Es war nämlich schon etwas spät, denn der „Dampfer" sollte noch an diesem Nachmittag auslaufen, wie der freundliche Mensch erklärt hatte,

Das Seemannsamt war damals irgendwo in der Nähe von Hamburg-Süd in einem alten Haus untergebracht. War ja kein Problem – der Taxifahrer kannte sich aus.

Auf dem Seemannsamt klappte alles wunderbar. Auf der großen, schwarzen Tafel an der Wand, wo die aktuellen Schiffe mit Kreide aufgeschrieben waren, stand auch die „Transgermania" mit Auslaufdatum von heute und der Auslaufzeit 16 Uhr.

Heinz nickte zufrieden. Der Macker hatte nicht gesponnen. Er zeigte seinen Heuerschein, ließ sein Seefahrtsbuch abstempeln und setze seinen Namen in der Musterrolle an die dazu ausersehene Stelle. Zufrieden packte Heinz seine Papiere ein, und machte, dass er weiter kam. Der ältere Mann hinter dem Tresen wünschte ihm noch „Gute Fahrt",

Auf der Straße winkte er wieder ein Taxi heran und ließ sich zurück zum Seemannsheim am Fischmarkt bringen. Dort packte er seinen Seesack.

Die meisten Seeleute „fuhren" damals noch so ein Ding. Es war aber auch verblüffend, was da alles rein passte. Sie hatten ja immer die ganze Ausrüstung mit, nicht nur die Klamotten, sondern auch so sperrige Dinge wie den „Zerhacker" für den „Tango-Diesel". Der „Zerhacker" war ein Umformer, der Gleichstrom in Wechselstrom umwandelte, denn die älteren Schiffe waren alle noch auf Gleichstrom ausgelegt. Bei dem „Tango-Diesel" handelte es sich um ein Tonband oder ganz modern, um den legendären Cassettenrecorder von Phillips. Das Teil war unglaublich widerstandsfähig und verzieh alles, Spritzwasser an Deck, ausgekipptes Bier, Stürze vom Tisch und was sonst an Missgeschicken so im Verlauf einer Party an Bord passieren konnte…

Am Tresen meldete er sich ab und ließ sich das zu viel bezahlte Geld zurückgeben. Heinz hatte es sich aus Erfahrung nämlich angewöhnt, an Land die Unterkunft im Voraus zu bezahlen. So auch in diesem Fall. Er hatte mit höchstens einer Woche an Land gerechnet, bis er wieder ein Deck unter den Füßen hatte. Nicht dass er sich Sorgen wegen eines neuen Schiffes machte. Er hatte gute Fahrtzeiten. 10 bis 12 Monate waren die Regel, zwei Mal hatte er sogar 18 Monate abgerissen.

Heinz lebte genügsam. Seine Welt waren die Frachter und die See. Eine passende Frau hatte sich noch nicht eingefunden und für die Leute an Land hatte er nur Mitleid – wie sie sich abrackerten, jeden Tag den gleichen Job, und das Tag für Tag, lediglich von etwas Urlaub unterbrochen.

Heinz machte sich weiter keine Gedanken über seine Zukunft. Hauptsache er bekam ein vernünftiges Schiff mit einem interessanten Trip, einem guten Koch, netten Kollegen und einem Kaptän, der nicht bei jeder Kleinigkeit mit Strafantrag beim Seemannsamt und Alkoholstopp drohte. Da ließ sich das Leben schon ertragen…

Gut gelaunt schulterte Heinz seinen Seesack und stieg die breite Eingangstreppe zur Straße hinunter. Ein Taxi war nicht zu sehen, so wanderte er eben am „Haifisch" vorbei in Richtung Fischmarkt. Heinz war zufrieden, die Sonne schien, er hatte ein neues Schiff und noch etwas Geld in der Tasche.

Er war noch nicht lange unterwegs, da hielt ein Auto neben ihm. Es war ein Taxi, dessen Fahrer ein gutes Geschäft witterte.

Heinz nahm das als gutes Vorzeichen und stieg gut gelaunt ein. Mit dem neuen Schiff im Rücken konnte er sich das Taxi leisten. Ansonsten hätte er die Hafenfähre zum „Kaiser Wilhelm Höft" nehmen müssen, denn sein Schiff sollte an den 70er

Schuppen liegen.

Heinz ließ sich also in die Polster sinken und döste etwas vor sich hin. Sie fuhren durch die Speicherstadt, die heutige Hafencity, am Hafenbahnhof vorbei, wo die Hafenbahn noch mit Dampfloks die Güterwagen rangierte, hin zu Schuppen 71/72, wo die „Transgermania" ziemlich vorne an der Kaispitze lag.

Na ja, als sie ankamen, sah das Schiffchen eigentlich ganz gut aus – eine elegante Form und schick in Farbe. Aber Heinz ließ sich nicht täuschen, denn als Matrose wusste er ganz genau, dass im Heimathafen der rostigste „Eimer" frisch gemalt ankam.

Heinz bezahlte das Taxi, schulterte seinen Seesack und krabbelte die „Staatstreppe" (Gangway) hoch. An Deck traf ihn fast der Schlag. Die Besatzung war am „seeklar" machen und zerrte gerade mit alle Mann an einer Persenning, mit der die Luke wasserdicht geschlossen wurde.

Das war ja eine ganz alte Krücke, 1949 in Lübeck bei Flender gebaut als Massengutschiff und jetzt als Stückgutfrachter eingesetzt. Das bedeutete Arbeit ohne Ende.

Heinz fügte sich in sein Schicksal, ließ sich vom Scheich die Kammer, ein dreckiges Loch im „Hotel Schraube", achtern im Heck über der Schiffsschraube zeigen, brachte sein Seefahrtsbuch zum Funker, der die Verwaltung machte, zog seine Arbeitsplünnen an und erschien an Deck. Hier reihte er sich ohne große Worte zwischen den Kollegen ein, machte gleich mit. Es war ja nicht der erste alte „Schloorn", den er da erwischt hatte.

Der schöne Trip nach Kanada war natürlich auch nichts. Schade, er hatte sich schon auf den legendären „Indian Summer" gefreut… Stattdessen sollte die Reise um Afrika, der Suez-Kanal war blockiert, zum Persischen Golf gehen.

Zum Schluss blieb er trotzdem über ein Jahr an Bord. Sie fuhren überall herum, nur nicht nach Kanada, hatten schöne Liegezeiten, von mindestens einer Woche und die Kollegen waren auch nett… Einmal lagen sie 10 Tage lang in New Orleans, querab von „Canal Street" direkt am „French Quater" im

Mississippi an der Pier. In Lorenzo Marques (Mosambik) lagen sie 6 Wochen für 8.000 Tonnen Silbererz, die nach Bilbao gingen. In Finnland wurde Papier geladen für London.

Und dann ging es für eine holländische Reederei nach Westindien. Seefahrt wie man sich das so erträumte...

Nur der Persische Golf blieb ihm in unguter Erinnerung. Dubai, die heutige Glitzerstadt, war ein staubiges Dorf mit einem großen Bazar, Kuwait war schon modern, aber natürlich für Seeleute viel zu teuer… Der „Schat-el-Arab", der Fluss, durch den Zusammenfluss von Euphrat und Tigris entstanden, war schön anzusehen, mit seinen mit Palmen bewachsenen Ufern und irgendwelchen großen Palästen hinter Palmen… Wenn es nur nicht so heiß gewesen wäre, 40-50 Grad Celsius im Schatten und das ohne Aircondition.

Heinz aber vergaß nie, dass der Macker ihn „shangheit" hatte….

4.   Bugo

Bugo, ein winziges Nest auf Mindanao, einer der großen Inseln der Philipinen, war ein Hafen auf den sich die Seeleute schon während der ganzen Reise freuten. Eigentlich war es eine Konservenfabrik mit einer kleinen Siedlung. Es hatte sich so eingebürgert, dass der Alte hier ein Auge zudrückte und die Seeleute einen „freien Tag" ohne Anschreiben bekamen. Normalerweise wurde ein „freier Tag" vom Urlaubsanspruch abgezogen.

Ein „freier Tag" konnte damals aber auch vom Ersten verordnet werden, wenn ein „Sailor" morgens offensichtlich angetrunken an Deck erschien. Meist gab es in solchen Fällen auch noch eine Tagebucheintragung zusätzlich.

Doch zurück zu Bugo. Die Pier war winzig, man eben Platz für drei Luken und daneben lagen die lustigen, einschlägigen Kneipen unter Palmen. Eine davon hatte der Besitzer „Rainbow-Garden" getauft.

Das Schiff hatte angelegt, die Luken waren offen, das Laden hatte begonnen und schon sausten alle, die an Bord irgendwie entbehrlich waren, an Land. Die Schiffsleitung, der Alte, der Erste (1.Offizier) und der Chief (Leiter der Maschinenanlage), hielt sich natürlich vornehm zurück und blieb an Bord, außerdem der 2.Offizier, zuständig für die Ladung, ein Matrose und ein Assi (Assistent) in der Maschine.

Die Maschinisten hatten extra eine Sackkarre mit einem darauf festgebundenen Stuhl mitgenommen, denn aus Erfahrung wussten sie, dass der eine Kollege, ein Reiniger mit Namen „Longo", ein gelernter Industriekaufmann, von solchen Ausflügen nicht aus eigener Kraft zurück kam. Da war es schon besser, gleich 'ne Karre mitzunehmen.

In Bugo im Dorf am Strand angekommen, verteilten sich die Landgänger auf die Kneipen. Der größte Teil sammelte sich im „Rainbow-Garden". Man amüsierte sie prächtig, bis ein Tumult entstand. In dessen Verlauf wurde die Kneipe in Mitleidenschaft gezogen …

Im Nachhinein stellte sich folgender Sachverhalt heraus.

21

Die Kneipe wurde von Einheimischen angegriffen.

Es war noch unter der Diktatur von Ferdinand Marcos. Im Norden Mindanaos verkauften Parteigänger von Marcos weite Landstriche auf der Insel an die internationalen Fruchtkonzerne wie „Dole", die darauf Ananas anpflanzten. Nun waren diese Flächen aber seit Generationen von einheimischen Bauern genutzt worden, die aber in den neu erstellten Grundbüchern nicht als Eigentümer eingetragen worden waren, wie vieles andere auch nicht. Also bezeichnete man das Land als Staatsland und vertrieb die Bauern von ihrem angestammten Land.

Als Hilfstruppen hatten Marcos' Leute Kriminelle christlicher Herkunft engagiert. Diese, überwiegend jüngeren Männer aus dem Norden der Philipinen, drangsalierten die moslemischen Bauern und Einwohner mit Duldung der Behörden. Angehörige dieser Banden, genannt „die Ratten", hatten sich zu diesem Zeitpunkt in Bugo festgesetzt und gingen ausgerechnet jetzt gegen die Kneipen vor.

In der betroffenen Kneipe war es zunächst recht gemütlich zugegangen. Man hatte sich eingerichtet, erste Paare hatten sich gefunden. Die Musikbox, sinnigerweise vergittert, lief ohne Pause, der Song „I never promised you a Rose Garden…" alias „Rainbow-Garden" wurde immer wieder gewählt. Einige Herren hatten begonnen, das „Hansakreuz" auszusaufen, das heißt die leeren Bierflaschen wurden in der Form eines „Eisernen Kreuzes" auf dem Tisch aufgebaut. Der Brauch wurde der schon seit langem untergegangenen Schwergutreederei „Hansa" aus Bremen zugeschrieben, denn deren Schiffe fuhren das schwarze Kreuz im Schornstein.

Mitten in diese Idylle krachte ein höllischer Lärm. Offensichtlich versuchte jemand an der hinteren Wand das Etablissement einzureißen.

Das war ja ein Ding… Die Seeleute schreckten auf. Was war das denn? In dem Durcheinander lief die Wirtin, genannt „Mama san", in jeder Hand ein großes Küchenmesser, durch den Raum mit dem Satz: „Kill them, kill them…"

Aber keiner nahm ihr ein Messer ab. Im Gegenteil, einige Seeleute gingen neugierig nach achtern zur Lärmquelle und inspizierten die Rückwand. Einige Bretter fehlten schon. Gerade machte sich einer der Halunken daran, ein weiteres Brett abzureißen. Er hatte allerdings den handfesten Matrosen auf der anderen Seite übersehen... Der schlug durch ein Lücke zwischen den Brettern und verpasste dem Halunken eine auf die „Zwölf" – Ergebnis ein blaues Auge. Das machte die Herren etwas vorsichtiger. Sie zogen sich vorübergehend zurück.

Am späten Nachmittag kam es zu einer neuen Attacke. Dieses Mal gingen die Seeleute zum Gegenangriff über. Sie waren sich einig keine Waffen zu benutzen. Es war ein kurzes Zusammentreffen. Die Halunken zogen dabei den Kürzeren. Der zweite Ingenieur bekam einen kleinen Schnitt am Bauch ab, ein Matrose hatte eine zerrissene Hose. Ein Filipino, der glaubte er müsste mit einem Messer herumfuchteln, hatte sich einen Schlag mit einem umherliegenden Ast eingefangen und blieb erst mal auf der Wallstatt liegen.

Die Seeleute zogen sich an Bord zurück.

Am nächsten Morgen gab es überraschenden Besuch. Beim Alten fand sich der Bürgermeister von Bugo in Begleitung des Agenten ein. Der Agent übersetzte. Das Lokal, in dem am vorherigen Tag die Auseinandersetzung stattgefunden hatte, sei zerstört worden und ob der Kapitän bereit sei, diesem unangenehmen Zustand abzuhelfen.

Das wurde natürlich nicht so gesagt, sondern umständlich und mit vielen „sorrys" und Andeutungen vorgetragen. Der Alte war schon informiert, er hatte gleich nach den Ereignissen am vorigen Tag einen Alkoholstopp und ein Landgangsverbot erlassen – vorbeugend sozusagen. Den 2.Ingenieur hatte der 3. Offizier mit zwei Klammern verarztet.

Der Alte besprach sich mit dem 1.Offizier und sie fanden eine salomonische Lösung. Er machte den Vorschlag, dass der Schiffzimmermann sich des Problems zusammen mit der Decksgang annehmen sollte. Das Schiff sollte sowieso erst am nächsten Tag auslaufen.

Der Bürgermeister stimmte zu.

So geschah es dann auch. Am nächsten Tag, gegen „Teatime", zehn Uhr vormittags, zog die gesamte Decksgang, angeführt vom Schiffszimmermann und seinem Assistenten, dem Jungzimmermann, an Land. Jeder schleppte irgendetwas - der Zimmermann seine Werkzeugkiste, die Seeleute kleinere Balken und vernünftige Bretter.

Vor Ort stellte man erst einmal fest, dass die eine Hauswand umgefallen war und die Wellblechkonstruktion des Daches traurig herunter hing. Damit hatten die Seeleute eigentlich nichts zu tun.

Trotzdem waren sie sich schnell einig, dass es sich um eine durchaus lösbare Aufgabe handelte. Guten Mutes gingen sie die Sache unter Anleitung des Zimmermanns an. Die alte Wand wurde erst mal auf taugliche Teile untersucht, zerlegt und beiseite gelegt.

Und dann gings los. Der Zimmermann mit seinem Zollstock legte die Maße fest. Es wurde gehämmert, gesägt und genagelt. Kurz und bunt, nach zwei Stunden stand die Wand wieder und das Dach war auch gerichtet. Der Wirt, seine Frau und die Mädchen waren glücklich und alle freuten sich.

Die Seeleute setzten sich erst einmal, stolz auf die gelungene Aktion, in die runderneuerte Kneipe und bestellten ein kaltes Bier.

Sie hatten es nicht eilig auf den Dampfer zurückzukehren.

5. Schiffbruch
Schiff sinkt vor Terschelling

Es ist morgens gegen acht Uhr. Der Chief-Mate stemmt sich mit den Füßen gegen einen Poller und hält sich mit der einen Hand an der Reling fest. Das Schiff ist am Sinken, das Wetter furchtbar, Windstärke 6-8 in Böen 10 aus NW, Sichtweite vielleicht 1-2 Seemeilen.

Er blickt nach achtern. Der Schlepper ist einer der größten seiner Art, 90 Meter lang, 12 Meter breit und 9 Meter Tiefgang. Jetzt liegt er auf der Backbord-Seite, das Heck auf dem Grund, der Steven ragt aus dem Wasser.

Neben ihm krallt sich die Besatzung an die Reling, Elektriker, Koch, Maschinisten, Matrosen, der Chief aus der Maschine und zum Schluss der Alte, wie die Hühner auf der Stange. Alle sind total übermüdet und pudelnass. Die Gang ist multinational. Die Schiffsleitung, vier Mann, ist deutsch, der Funker kommt aus Polen, die Matrosen und Reiniger aus den Philippinen, darunter zwei Moslems. Einer der Reiniger stammt aus Burma und der Koch ist Chinese, ein sehr guter Koch übrigens. Das Gepäck hat sich Rasmus schon geholt, das heißt ein überkommender Brecher hat es weggewaschen. Über ihnen lärmt ein Helikopter und versucht sich gegen den Wind auf der Stelle über dem Wrack zu halten... Der Chief-Mate ist halbsweg erleichtert. Die Lage ist übersehbar – wenigstens keine Toten oder Verletzten.

Die letzten Stunden waren doch ziemlich dramatisch gewesen. Es hatte eigentlich ganz harmlos begonnen. Ein riesiges Dock, 320 Meter lang, 40 Meter breit, 12 Meter hoch, aber nur mit einem Tiefgang von 90 Zentimetern sollte von Bremerhaven nach Algerien geschleppt werden. Das Auftakeln, das Schleppgeschirr anbringen, klappte reibungslos und die Wettervorhersage zeigte stabile Verhältnisse - reine Routine also.

Die Fahrt ließ sich auch gut an. Der Alte hatte 750 Meter Schleppdraht ausstecken lassen, bei dem flachen Wasser in der Nordsee genau richtig. Sie kamen trotzdem nicht ganz so schnell voran, wie sie erwartet hatten. Am nächsten Tag bildete sich überraschend ein kleines Tief über der Nordsee. Und es kam auch gleich Wind auf. Der Schleppzug lag querab von Ameland, einer der westfriesischen Inseln, als der Wind so auffrischte, dass keine Fahrt voraus mehr möglich war. Das Dock benahm sich wie jedes Dock bei Schlechtwetter, wenn der Wind ungünstig angreift. Es segelte wie ein Blatt Papier auf dem Wasser, von einer Seite zur anderen. Die gewaltigen Seitenwände boten dem Wind entsprechende Angriffsfläche. Kaptän und 1.Offizier (Chief-Mate) teilten sich die Wache auf der Brücke, alle 6 Stunden wurde gewechselt.

Eine Nacht, einen Tag und eine weitere Nacht ging das so. Der Schleppzug trieb im Tidenstrom, mal ein paar Meilen nach Osten, mal ein paar Meilen nach Westen, kam aber nicht über die Westspitze der Insel Terschelling hinaus. Nach Terschelling hätte man den Kurs Richtung Südwest ändern können und wäre vermutlich bei dem vorherrschenden nordwestlichen Wind besser vorangekommen. Natürlich arbeitete der Schlepper gewaltig, das heißt er krängte von einer Seite zur anderen. Die philippinischen Seeleute hatten sich in der Messe versammelt und schliefen auf den Bänken.

Um vier Uhr morgens übernahm der Chief-Mate die Wache auf der Brücke vom Alten, der sich in die Funkbude hinter dem Kartenraum zurückzog. Zu diesem Zeitpunkt trieb der Schleppzug mitten im Zwangsweg in Ost-Nord-Östliche Richtung mit etwa 4 Knoten. Das Dock schoss von backbord nach steuerbord und zurück. Jedes Mal, wenn es an einem Wendepunkt angekommen war, kam der Draht aus dem Wasser und senkte sich wieder, wenn die Kraft nachließ und das Dock auf die andere Seite schoss…

05.42 Uhr brach der Draht, der Alte übernahm und löste den Generalalarm aus. Wenige Minuten später standen Chief-Mate und Matrosen, ausgerüstet mit Arbeitsschwimmwesten und Sicherheitsgurten an Deck. Die Matrosen hatten vorausschauend in ihren Klamotten geschlafen. Der Alte hatte inzwischen den Schlepper umgedreht und fuhr mit „Voll Voraus" hinter dem Dock her. Das Dock trieb führungslos mit 8 Knoten Richtung Küste. Die beiden von der Besatzung des Docks geworfenen Notanker wurden einfach durch den Schlick gezogen.

Inzwischen kämpften Chief-Mate und Matrosen, bis zum Bauch und manchmal bis zum Hals im Wasser stehend, auf dem Schleppdeck mit dem Ersatzdraht. Schließlich wollten sie das Dock so schnell wie möglich wieder einfangen, bevor es irgendwo an der Küste strandete.

Der Schlepper war mit schon gut 25 Jahren etwas älter und hatte das klassische Design. Das Schleppdeck nahm praktisch das halbe Schiff ein. Dazu kam, dass das Schiff abgeladen war, das heißt voll mit 1.200 Tonnen Bunker (Treibstoff). Der Freibord, der Abstand des Schleppdecks von der Wasseroberfläche, betrug nur etwa 40 Zentimeter. Das hatte zur Folge, dass selbst mittlere Wellen über die Verschanzung schlugen und das Schleppdeck ständig unter Wasser setzten.

Der Schlepper hatte das Dock fast erreicht und fuhr in sicherem Abstand neben dem treibenden Dock her. Der Chief-Mate schloss gerade, bis zum Bauch im Wasser stehend, ein Schott im Windenhaus beim vorletzten Schleppbügel hinter einem Matrosen, als die beiden Maschinen aufdrehten, das Schiff sich nach backbord überlegte und ein dadurch hervorgerufener Schwall Seewasser den Steuermann von den Füßen riss. Der konnte sich gerade noch an einem „Auge" (große Öse) am Windenhaus festhalten und lag waagerecht im Wasser, mit den Füßen etwa einen halben Meter von der Verschanzung entfernt. In diesem Augenblick knallte die Ecke des Docks an dieser Stelle in den Schlepper. Es war exakt 06.10 Uhr.

Anscheinend hatte einer der Anker überraschend gefasst und das „leichte" Dock wurde herumgerissen. Der Schlepper war mit seinen 1.200 Tonnen Bunker zu schwerfällig, um noch zu entkommen.

Der große Schlepper wurde durch den Anprall des Docks herumgerissen und polterte am Dock entlang. Inzwischen tauchte die Backbordseite wieder aus dem Wasser auf und der Steuermann konnte sich ein Bild von den entstandenen Schäden machen. Die Verschanzung war zerknüllt wie Papier und an Deck war ein mehrere Meter langer Riss entstanden. Offen sichtlich trat auch Öl aus.

Die drei Matrosen hatten das Unglück kommen sehen und sich Achterkannte Aufbauten an dem dort angebrachten Schlauchboot in die Höhe gerettet. Die Situation entbehrte nicht einer gewissen Dramatik, denn wie sie später berichteten, hielten sie den auftauchenden Chief-Mate für ein Gespenst, leicht abergläubisch, wie sie waren. Aus ihrer Perspektive hatte es ausgesehen, als wäre der Chief-Mate zwischen Dock und Schlepper geschwemmt und zerquetscht worden.

Der Steuermann kämpfte sich auf die Brücke und berichtete dem Kapitän von seinen Beobachtungen. Sie kamen überein, dass er erst einmal nachsehen sollte, ob und welche Lecks entstanden waren. Vor allem war es auch wichtig festzustellen, wie es dem Matrosen in der Last ergangen war.

Der Steuermann kam ziemlich flott nach achtern. Der Alte hatte die Maschinen gestoppt, und die Matrosen waren irgendwo in Deckung gegangen. Also kletterte er allein die Leiter in die Last hinunter, denn Eile war geboten. Unten sah er die Bescherung. In der Backbord-Bordwand klaffte ein größeres Loch und das Wasser strömte in den Raum. Das Schott zum Maschinenraum stand sperrangelweit offen und der Matrose war geflüchtet, statt das hydraulische Tor zu schließen…

Gut, sein Verhalten war irgendwie verständlich. Da freute er sich, endlich einmal ein paar Minuten im Trockenen zu sitzen, suchte nach der Leine - und plötzlich knallte es und das Wasser strömte herein… Ein deutscher Matrose, genannt „ein Berger" hätte sich dadurch nicht sonderlich beeindrucken lassen, der lief in solchen Situationen immer zu großer Form auf….

Der Steuermann versuchte also als erstes das hydraulische Schott zu schließen. An der Seite, an der Wand, war eine Handpumpe angebracht, mit der die Tür geschlossen werden konnte. Das klappte zunächst ganz gut, bis dicke Festmacher-Leinen in die Öffnung geschwemmt wurden. Er versuchte die Kunststoffleinen heraus zu ziehen, aber der steigende Wasserspiegel schwemmte immer mehr Teile der langen Leinen in die Öffnung. Dann ging das Licht aus und in dem Dämmerlicht, das durch das Leck einfiel, wurde es schwierig die Orientierung zu behalten. Außerdem war das Wasser in der Last derart gestiegen, dass er tauchen musste, um an die Handpumpe heranzukommen. Gegenüber, am Schott zum Hauptmaschinenraum hatte ein Maschinist die dortige Tür schließen können, so dass man diesen Raum vielleicht lenz halten konnte.

Mühsam turnte der Steuermann über das Schleppdeck zurück auf die Brücke. Hier bildete der Kapitän mit ihm und dem Chief aus der Maschine einen Schiffsrat. Sie stellten fest, dass man das Wrack eventuell aufgeben und verlassen müsste. Dieses Ergebnis wurde ins Tagebuch eingetragen.

Inzwischen war es 6.20 Uhr. Der Funker setzte eine „Mayday"- Meldung ab. Dann wurden ein Anker geworfen, Pumpen im Hauptmaschinenraum installiert und die Schläuche aus dem Maschinenraum durch die Kombüse verlegt, da die Schotten zum Maschinenraum wegen des Schlechtwetters nicht geöffnet werden konnten. Die Hauptmaschinen wurden abgestellt. Das Wasser stieg aber trotz der einwandfrei arbeitenden Pumpen.

Die Besatzung wurde auf die Brücke gerufen, von der Lage der Dinge unterrichtet, angewiesen ihre nassen Klamotten zu wechseln und zu packen. Soft-Drinks wurden ausgegeben – sollten sie im Bach landen und Seewasser schlucken müssen. Die Rettungsboote wurden klar gemacht. Es musste damit gerechnet werden, dass das Schiff verloren ging.

Gegen 07.40 Uhr erschien ein supermodernes, holländisches Rettungsboot mit „Jet-Antrieb", zeitgleich mit einem großen Helikopter

Kapitän, Chief (Maschine) und Chief-Mate beschlossen, das Schiff zu verlassen und das holländische Rettungsboot zu bitten, die Besatzung auf der Steuerbord-Seite zu übernehmen. Die holländischen Seeleute in ihrem modernen Boot waren einverstanden. Sie wollten es versuchen.

Die gesamte Mannschaft versammelte sich mit dem Gepäck auf der Back an Steuerbord, etwa drei Meter über dem Schleppdeck. Alle Mann hielten sich an der Reling fest, um auf dem ölverschmierten Deck nicht auszurutschen.

In diesem Augenblick holte das Schiff nach steuerbord über

und ein besonders großer Brecher rollte von achtern heran und nahm das ganze Gepäck mit, darunter den Koffer des Kapitäns mit der Schiffskasse. Die Seeleute wurden schon wieder nass.

In diesem Augenblick teilte die Besatzung des holländischen Rettungsboots mit, dass sie sich außerstande sähen, bei den herrschenden Verhältnissen längsseits des Wracks zu kommen, um die Leute zu übernehmen. Daraufhin gab der Kapitän Order, den Helikopter zu nehmen. Inzwischen hatte die Backbord-Schlagseite beständig zugenommen.

Die Besatzung kämpfte sich an der Reling auf dem glitschigen, schrägen Deck nach vorne, Richtung Steven, um aus dem Bereich der Aufbauten herauszukommen. Der Chief-Mate an der Spitze und der Alte als Letzter um sicher zu stellen, dass niemand bei der herrschenden Schlagseite unbemerkt verloren ging. Das Heck setzte auf, der Steven ragte aus den Wellen.

Soweit das Theater, das zu ihrer jetzigen Lage geführt hatte.

Der Alte hat noch ein Walkie-Talkie und informiert jetzt den Helikopter, dass sie nun soweit seien, das Schiff zu verlassen. Der Pilot hat große Mühe das Fluggerät über dem sinkenden Wrack in Position zu halten. Ein Retter löst sich vom Helikopter und schwebt an einem dünnen Stahlseil nach unten. An dem Draht hängt noch ein Tampen, den der Chief-Mate zusammen mit einem Matrosen zu fassen bekommt. Mit diesem Tau kann der Retter am Seil herangeholt werden.

Der Mann hat noch eine breite Schlinge dabei, in die der Schiffbrüchige gesteckt und anschließend zusammen mit dem Retter aus dem Helikopter nach oben gehievt wird.

Der Erste ist der Koch – ganz gelassen schwebt er nach oben. In diesem Augenblick erleidet der Dritte in der Reihe, ein Maschinist, eine Panikattacke. Mit starren Gesichtszügen krallt er sich an der Reling fest und ist nicht ansprechbar. Der Chief-Mate, unterstützt von zwei Matrosen, muss ihn regelrecht von der Reling los reißen und in die Schlinge stecken.

Dann geht es Schlag auf Schlag. Irgendwann kommt vom Piloten des Helikopters die Information, dass dort kein Platz mehr sei. Das bedeutet, der verbliebene Rest der Besatzung muss vom Wrack ins Wasser springen.

Das holländische Rettungsboot liegt inzwischen vor dem Wrack Der Schlepper ist gekentert und liegt mit 90 Grad auf der Backbordseite. Die Seeleute sitzen auf der Reling.

Es ist kurz vor 8.00 Uhr als der Alte die Order gibt, in „den Bach" zu springen. An Bord sind noch der Kaptän, der Chief-Mate und 5 Matrosen. Die philippinischen Seeleute zögern etwas, als aber der Erste gesprungen und unten aus dem Wasser wieder aufgetaucht ist, springen seine Kameraden einer nach dem anderen. Zurück bleiben Kapitän und Steuermann.

Unten im Wasser wird es gefährlich. Ein Matrose hat durch den Sprung seine Rettungsweste verloren. Das holländische Rettungsboot will ihn auffischen, der Bootsführer gibt zu viel Gas und fährt mit dem Boot, 12 m lang, mit der ganzen Länge über ihn hinweg… Der Matrose taucht am Heck des Bootes auf, der Fahrer gibt in dem Augenblick „rückwärts" und überfährt den Seemann ein zweites Mal. Der taucht nach wenigen Augenblicken auf der Backbordseite wieder auf und wird endlich von der Crew ins Boot gezogen.

Jetzt springen der Chief-Mate und der Kapitän als Letzter. Es ist genau 8.00 Uhr. Der Kapitän wird noch vom Hubschrauber aufgefischt, der Chief-Mate als letzter von der Crew des Rettungsboots aus dem Wasser gezogen. Zehn Minuten später ist der Schlepper bei der Tonne TE 3 gesunken. Zwischen Kollision und Untergang sind exakt zwei Stunden vergangen.

Wie der Chief-Mate später hörte, hat man sich bei der Firma die Hände gerieben, der Schlepper war abgeschrieben, und es waren vor allem keine Menschenleben zu beklagen gewesen.

Don't leave your ship, till the ship leaves you.
(englisches Sprichwort)

6.   Die Äquatortaufe

Zu den fast vergessenen Bräuchen kann man mit Fug und Recht die Äquatortaufe zählen. Sie hat heute als Abklatsch des Originals auf Passagierschiffen zur Unterhaltung der Passagiere überlebt. Es ist noch nicht lange her, dass die Äquatortaufe auf den Frachtschiffen obligatorisch praktiziert wurde. Dabei handelte es sich nicht nur um einen Initiationsritus, der nach traditionellen Regeln ablief, sondern auch um eine willkommene Unterbrechung der täglichen Routine auf dem langen Seeturn. Ein Seemann sollte „getauft" sein.

Die Äquatortaufe könnte auf das 15.Jahrhundert zurückgehen, als die Portugiesen den Seeweg nach Indien entlang der westafrikanischen Küste suchten. Ab 1416 organisierte Heinrich der Seefahrer, der vierte Sohn des portugiesischen König Johann I. die Erforschung der afrikanischen Westküste. König wurde er nie, nicht einmal der Titel „großer christlicher Ritter", auf den er Wert gelegt hatte, war ihm vergönnt.

Heinrich löste sich von den mittelalterlichen Vorstellungen und organisierte das Seefahrtswesen neu. Er ließ modernere Schiffe entwickeln, gründete eine Seefahrtsschule und befahl seinen Kapitänen neue Ziele. 1434 segelte Kapitän Gil Eanes in seinem Auftrag am Kap Bojador im heutigen Marokko vorbei nach Süden. Kap Bojador war bis dahin der südlichste Punkt, den die Portugiesen erreicht hatten. Nicht nur die abergläubischen Seeleute, sondern auch die Zeitgenossen vermuteten hinter Kap Bojador das Ende der Welt, den Eingang in das Reich der Finsternis, aus dem es keine Rückkehr gäbe. In dieser Zeit wurzelt wohl der Ablauf der Äquatortaufe mit dem zahlreichen Personal. Bei diesem gefährlichen Thema lohnte es sich viele Amtsträger zu engagieren, um die Herrschaften in der anderen Welt nicht zu verprellen.

So manche dieser Vorstellungen hielten bis in unsere Tage. So war die Tradition von der See als Person zu sprechen, bis vor Kurzem bei den Seeleuten noch weit verbreitet. Vor allem die älteren Seeleute sprachen bei „Schlechtwetter" von „Rasmus", der außenbords herumtollt…

Oder die Tradition den Donnerstag besonders zu begehen. Donnerstag war „Seemannssonntag", da gab es zum Frühstück Spiegeleier und zum Kaffee um drei Uhr nachmittags backte der Koch einen Butterkuchen.

Mit dem Verschwinden der konventionellen Frachter und der Matrosen und deren Ersatz durch Containerschiffe und Filipinos versanken viele Bräuche und Vorstellungen in den Schatten der Vergangenheit.

Doch zurück zur Äquatortaufe:

Der Ablauf war kompliziert und die Darsteller wurden aus den Besatzungsmitgliedern ausgewählt. Voraussetzung war natürlich, dass sie selbst schon getauft waren und einen Taufschein vorweisen konnten.

Am Tag vor der Äquatorquerung erschien „Triton", der Sohn des Meeresgottes „Neptun", in Begleitung von zwei schwarzen Gestalten in Baströckchen, genannt die „Wilden" und zwei als Polizisten aufgetakelten Matrosen.

Tritons Aufgabe war es, Täuflinge ausfindig zu machen und die Taufe für den nächsten Tag anzukündigen. Er ordnete an, dass diese Herrschaften mit Sonnenaufgang in ein Gefängnis gesperrt werden, bis Neptun persönlich erscheinen würde, um die Taufe vorzunehmen.

Am nächsten Morgen kamen nach dem Frühstück drei schwarze Wilde in Baströckchen, begleitet von zwei Polizisten in die Messe, dem Aufenthalts- und Speiseraum der Besatzung.

Es gab an Bord eine Mannschafts- und eine Offiziersmesse. Der Kapitän residierte zusammen mit dem 1. Offizier, und dem Chief, dem Leiter der Maschineanlage, im Salon.

Die Gruppe griff sich die Täuflinge, sechs an der Zahl und geleitete sie zum improvisierten Gefängnis, einem Deckshaus zwischen den Luken vier und fünf. Die Luken vier und fünf lagen hinter den Aufbauten mittschiffs. Hier hatte man auch das improvisierte Schwimmbad auf Backbordseite aufgebaut, denn das Deck neben den Luken wurde auf dieser Reise nicht für Deckslast gebraucht.

Das Deckshaus war ein viereckiger Kasten, etwa 3 Meter hoch, auf dem sich Ladewinden, Laderaumlüfter und Kontrollstände für die Winden befanden. In der Mitte führte der Mast für die Ladebäume durch das Deckshaus. Es war in verschiedene Räume, Schapps genannt, geteilt. Diese Räume hatten jeder eine eigene Tür zum Deck hin und dienten als Stauräume für Reservedrähte des Ladegeschirrs oder anderer Materialien. Ein Schapp war auch den Schaltschränken der elektrischen Ladewinden vorbehalten. Auch die Eingänge in die Luken befanden sich im Innern der Deckshäuser.

In ein solches Schapp sperrte man die Täuflinge. Hier durften sie erst einmal schmoren. Die Sonne stand schon ziemlich hoch und da heizte sich das Deckshaus ganz schön auf, so 40-50 Grad werden es schon gewesen sein. Damit ihnen nicht langweilig wurde und sie sich des Ernstes der Situation auch bewusst waren, schleppten zwei Matrosen noch eine elektrische Rostmaschine die Leiter hinauf auf das Deckshaus. So eine Rostmaschine bestand aus einem elektrischen Motor, einer flexiblen Welle und am Ende der Welle, dem Kopf. Der Kopf bestand aus einer Schutzabdeckung und zwischen zwei runden Scheiben auf Achsen lose angeordneten Sternen aus Gusseisen. Wurde die Konstruktion nun in Drehung versetzt, knallten die Sterne auf das stählerne Deck. Das Ganze machte natürlich einen Höllenlärm.

Das Tuten des großen Typhons kündete eine Stunde später die Ankunft Neptuns an. Die Täuflinge durften ihr Gefängnis verlassen. Halb taub stolperten sie an Deck.

Neptun war nicht allein gekommen. Er hatte seine Tochter „Thetis", den „Pastor" und den „Doktor" mitgebracht. Die Vier nahmen am achteren Schott der Mittschiffsaufbauten an Backbordseite auf bequemen Stühlen mit Armlehnen aus der Offiziersmesse Platz.

Die Polizisten geleiteten die leicht ramponierten Täuflinge vor Neptun und sein Gefolge.

Neptun trug eine Art weiße Toga, vermutlich ursprünglich ein weißes Leintuch. Auf dem Kopf hatte er eine Art goldene Krone aus Messingblech und in der linken Hand hielt er einen Speer mit drei Zacken.

Neptun erhob sich voller Würde und hielt eine kleine Ansprache an die Täuflinge, die mit dem Satz, „Wer in Gehorsam hier nicht zittert, der wird von mir schwer angewittert, so ist es Brauch von alters her, Ich, Herrscher übers weite Meer:"

Als nächstes hatte der Pastor seinen Auftritt. In seiner dunkelblauen Uniform, eigentlich fuhr er als 2.Offizier und hatte an einer seiner alten Uniformen die Abzeichen entfernt, machte er einen würdigen Eindruck. Er hielt eine kurze Predigt, in der er die Täuflinge anhielt, sich anständiger zu benehmen und das sauer verdiente Geld nicht im nächsten Hafen gleich an Land zu tragen. Auch sollten sie sich mit dem Alkohol etwas zurück zu halten.

Uniformen waren an Bord noch etwas Selbstverständliches. Schließlich mussten im Hafen die zahlreichen Schauerleute wissen, wen sie vor sich hatten.

Als nächstes mussten die Täuflinge Thetis, der Tochter Neptuns, ihre Aufwartung machen. Die Rolle der Thetis fiel dem etwas klein gewachsenen Kochsmaaten zu, dem man eine blonde Perücke aus Sisalfasern verpasst hatte.

Tauwerk aus Sisal-Fasern wurde auf den alten Frachtern viel verwendet, hauptsächlich um leichtere Kollis (Kisten und Kasten) und Autos zu laschen (anbinden). Es ließ sich gut mit dem Decksmesser durchschneiden und leicht verknoten. Außerdem war es unempfindlich gegen Feuchtigkeit im Gegensatz zu Tauwerk aus Manila-Fasern, das bei Nässe gleich steif wurde. Sisal wurde auch den Leinen aus Kunststoff vorgezogen, weil der Kunststoff unter Last ein Reck (Ausdehnung) von über 50% aufweisen kann.

Doch zurück zur Taufe. Der Täufling musste Thetis den Fuß küssen. Das Problem war nur, dass man Thetis einen stinkenden Hering auf den Fuß gebunden hatte. Näherte sich der Täufling mit dem Gesicht dem Fuß, knallte ihm Thetis den Fuß mit dem Hering voll ins Gesicht.

Bevor der Täufling sich erholen konnte, zerrten ihn die Wilden im Baströckchen zum Doktor. Die Rolle des Doktors hatte der Funker übernommen. Als Zeichen seiner neuen Würde hatte er sich beim Koch eine weiße Kochjacke ausgeliehen.

Die Jacke war ihm etwas zu groß, der Koch war mindestens doppelt so stämmig, wie der magere Funker und deshalb schlotterte die zu große Jacke gewaltig um den dünnen Mann.

Der Doktor stellte die Diagnose „Nordhalbkugelkrankheit" und hatte auch gleich ein Mittel dagegen, eine knödelgroße Pille. Die Dinger hatte der Koch in der Kombüse angefertigt und dabei nichts ausgelassen, was scharf und ätzend war.

Der erste Patient wurde von den Polizisten gezwungen den Mund aufzumachen und die Pille ihm in den Mund geschoben. Der Täufling wechselte die Farbe im Gesicht von Rot auf Blass und verdrehte die Augen, was die Herren aber nicht sonderlich beeindruckte. Er wankte an die Verschanzung und spuckte die „Medizin" wieder aus. Die anderen fünf Täuflinge waren zäher und ließen sich nichts anmerken. Schließlich war die Äquatortaufe ein wichtiges Ereignis, das man nur einmal im Leben durchstehen musste – außer der Taufschein ging verloren. Jeder setzte seinen ganzen Ehrgeiz dafür ein, das Theater möglichst unbeeindruckt zu überstehen.

Weiter ging's zur nächsten Station, zum Friseur. Der Täufling verlor einige Haarsträhnen und wurde mit einem Messer aus Holz rasiert. Auch die Zähne wurden nicht vergessen. Senf der Sorte „Löwensenf extra stark" dient als Zahnpasta. Die Polizisten und die Wilden passten auf, dass die Behandlung auch sorgfältig durchgeführt wurde.

Als Nächstes stand die Reinigung der Täuflinge auf dem Programm, denn die bisherige Behandlung hatte ihre Spuren hinterlassen. An jeder Station wurden sie aus Prinzip mit schwarzem Schlamm aus dem Maschinenraum, die Insider vermuteten Schlamm aus den Separatoren, ziemlich das Schmutzigste, das an Bord zu finden war, großzügig bedacht. An jeder Station stand ein Eimer mit dem Zeug, aus dem die Polizisten mit einem Quast großzügig austeilten.

Es ging zu dem improvisierten Schwimmbecken, einem mit Seewasser gefüllten, gut zwei Meter hohen Kasten. Der Täufling wurde von den Wilden über eine Leiter hinein bugsiert. Im Becken wurde er schon von den Polizisten erwartet. Ohne Vorwarnung stürzten die sich auf den Täufling und drückten ihn unter Wasser. Als sein wildes Gezappel matter wurde, ließ man ihn kurz an die Oberfläche zum Luft schnappen. Der Größte der Polizisten fragt ihn lauernd: „Wieviel?" Er meinte natürlich Kisten Bier – schließlich war der Job anstrengend und machte durstig.

Der erste Täufling war noch widerborstig. „Eine Flasche" und erntete empörtes Geheul aller Hauptamtlichen. Sofort war er wieder unter der Wasseroberfläche. Als er wieder hochkam, krächzt er: „Eine Kiste…" – „Was?" und schon war er wieder unter Wasser. Bei vier Kisten erbarmten sich die Polizisten des Armen und zusammen mit den Wilden bugsierten sie den Täufling aus dem Swimming-Pool und schleiften ihn an die Verschanzung. Dort erholte er sich langsam.

Waren alle Täuflinge durch, also vom Schmutz der Nordhalbkugel gereinigt, kam noch die Passage des Windsacks. Der Windsack war eine Röhre aus Segeltuch, gut 15 Meter lang, die alle Meter mit einem eisernen Ring ausgesteift wurde. An jedem der beiden Öffnungen stand ein Matrose, der mit einem Feuerwehrschlauch Seewasser in den Windsack spritzte.

Hier musste jeder Täufling durch. Ging es nicht so richtig voran, beziehungsweise stoppte der Täufling in der Röhre, half ein Polizist mit einem kräftigen Hieb mit einem Tauende nach. Das wirkte immer… Total geschafft kroch der arme Täufling am anderen Ende aus dem verdammten Windsack.

Waren alle durch, durften sich die frisch Getauften erst einmal erholen. Jeder erhielt eine Flasche Bier gegen den Durst und damit er wieder zu Kräften kam. Hatten sich alle gestärkt, durften sie vor Neptun antreten.

Mit einem kleinen Reim überreichte Neptun die Taufurkunde. Doch vorher war noch eine weitere Hürde eingebaut. Der Getaufte musste sich seinen neuen Taufnamen merken, den Neptun absichtlich vor sich hin nuschelte. Derjenige Täufling, der den Namen nicht verstand, musste zusätzlich Getränke spendieren…

War dies alles vollbracht, erhielt der Täufling die Taufurkunde.

Während des ganzen Vorgangs stand der Kapitän auf dem

Bootsdeck, zwei Decks über dem Hauptdeck und behielt das Theater im Auge, um im Notfall eingreifen zu können.

Die Äquatortaufe wurde natürlich mit einem gewaltigen Fest abgeschlossen. Auf der Brücke und in der Maschine stand nur die Notbesetzung auf Wache. Außer dem Kapitän waren wenigstens der Nautiker auf der Brücke und der Ingenieur im „Keller" einigermaßen nüchtern.

Der Rest der Besatzung widmete sich der Vernichtung der gespendeten Getränke. In glänzender Laune schleppten sich die Letzten in der beginnenden Morgendämmerung zurück in ihre Kammern. Am nächsten Tag waren sich alle Beteiligten einig, ob Hauptamtliche oder Täuflinge, das war mal wieder eine schöne, geglückte Äquatortaufe. Besonders stolz war natürlich der Täufling, der es gewagt hatte, im Swimmingpool den Polizisten eine Flasche, statt der üblichen Kiste Bier anzubieten…

Die gewisse Härte, ja Brutalität mit der die Veranstaltung durchgeführt wurde, resultierte vermutlich aus der langen Tradition.

Es gibt eine Darstellung, eine kolorierte Zeichnung einer Äquatortaufe aus dem Jahre 1820 auf einem großen Segelschiff von Franz Josef Frühbeck. Das Personal ist wohlbekannt: Polizist mit „Zweispitz", Neptun mit Dreizack, Thetis, der Doktor, die Wilden im Baströckchen, der Pastor und der Barbier (Friseur). Außerdem ist noch eine schwarze Gestalt mit Hörnern am Kopf und einem langen Schwanz dargestellt, der über einen Täufling herfällt, vermutlich der Teufel…. Auch ein großer, hölzerner Zuber zwecks Reinigung der Täuflinge ist vorhanden.

In einer größeren Tür im achteren Aufbau steht ein offensichtlich wichtiger Mann, flankiert von einem stramm stehenden Soldaten mit einer Flinte. Möglicherweise handelt es sich dabei um den Kapitän des Schiffes, der den Vorgang persönlich überwacht.

Einige angetrunkene Gestalten zeigen, dass auch damals dem Alkohol recht fleißig zugesprochen wurde.

7.   Tod im Morgengrauen

Seit Wochen herrschte Schlechtwetter. Der Schlepper kämpfte sich mühsam voran. Der Anhang, eine Bohrinsel, ein sogenannter „Halbtaucher" hatte sich seit Tagen abgesenkt und machte in diesem Zustand natürlich kaum mehr Fahrt – so drei bis vier Knoten. Man schwamm südlich der Aleuten im Pazifik. Es war Herbst und die Wetterkarte sah überhaupt nicht gut aus…

Die Stimmung an Bord war auf dem Tiefpunkt. Der Kapitän, ein bekennender Nationalsozialist, war bei den Seeleuten gefürchtet. An Land gewinnend und charmant, benahm er sich an Bord wie der Teufel persönlich. Solche Verhältnisse waren nur auf der kleinen Welt eines Schiffes denkbar.

Es war immer das Gleiche. Er kam an Bord, sein Vorgänger hatte eben mit dem Gepäck das Schiff verlassen, da ging der Zirkus auch schon los. Dauernd hatte er etwas zu meckern, ständig hatte er mit irgendjemand Zoff. In seiner Nähe versuchten sich alle unsichtbar zu machen. Nur nicht auffallen. Dieser Zustand hielt meist ein paar Tage an. Hatte er ein Opfer ausgemacht, ließ er die anderen in relativer Ruhe.

Die Kampagne wurde in der Regel von ihm mit dem in seinen Augen schlimmsten, ihm zur Verfügung stehenden, Schimpfwort eingeleitet: „Sie Judenbengel." Dann ging der Terror los, wochenlang, mitunter monatelang. Nichts konnte derjenige ihm recht machen, alle möglichen Untaten wurden ihm angedichtet. Nie ließ er den Unglücksraben in Ruhe.

So mancher belesene Seemann, erwog bei sich mitunter die Möglichkeit, ob es sich bei diesem total durchgeknallten Alten nicht vielleicht doch um den wiedergeborenen „Käptn Ahab" handelte. Andere meinten beim Bier, wenn er garantiert nicht in der Nähe war, dass er vielleicht mit dem Teufel im Bunde wäre.

Solche Typen, wie diesen Kapitän, hatte es in den 60er/70er Jahren auf den alten Schiffen noch häufiger gegeben. Vor allem die 3.Offiziere waren in der Regel die Opfer, während der

Rest der Besatzung in relativer Ruhe sein Wesen treiben konnte.

Auf der anderen Seite waren die Seeleute im Allgemeinen ebenfalls keine Engel - unzählig die Möglichkeiten und unerschöpflich die Phantasie der Betreffenden gegen die Regeln an Bord zu verstoßen.

Doch weiter zu diesem Kapitän. Einmal geriet er an den Falschen. Er hatte ausgerechnet den 1.Offizier, seinen Stellvertreter, auf dem Kieker. Über Wochen eskalierte die Auseinandersetzung. Ständig brüllte der Alte rum, die Gang kam nicht zur Ruhe. Dann kam es zum Eklat. Der Schlepper war auf „Jobfahrt", das heißt mit „Vollgas" unterwegs zu einem kaputten Schiff. Das Wetter war schlecht und die Decksgang damit beschäftigt, das Schleppgeschirr klar zu machen. Das Deck stand immer wieder unter Wasser. Da kam der Alte an Deck und meinte er müsste, wie es des Öfteren seine Art war, einen Matrosen zu Unrecht als „besoffen" titulieren und auch gleich mit einem Eintrag im Journal drohen. Die ganze Gang duckte sich. Sie standen mitunter bis zu den Knien, manchmal auch bis zu den Hüften im kalten Wasser, um den Hals die Schwimmweste und um den Bauch den Sicherheitsgurt, irgendwo angelascht... Und dann kam dieser Scheißkerl, nahm sich mit seiner lauten Stimme den 1. Offizier vor und brüllte ihn an, dass er alles falsch mache, dass alles Unsinn wäre, er als Kapitän nie begreifen würde, wie ihm die Reederei eine solche Niete als 1.Offizier und Stellvertreter schicken konnte …

Der Erste war unter diesen widrigen Umständen gerade damit beschäftigt, zusammen mit den Matrosen eine tonnenschwere Schleppkette klar zu machen. Sie hatten die Kette gerade aus der Last gehievt und sie hatte sich an Deck durch das immer wieder heran rauschende Wasser an der Verschanzung verhakt. Der Erste wühlte gerade mit der Brechstange an der verdammten Kette herum, als der Alte ihm laut schreiend auf den Pelz rückte. Das war zu viel den Ärmsten. Rasend vor Wut zog er die Brechstange aus dem Ketten-Wooling im Wasser, holte damit aus und zog damit Alten eine über... Die Umstehenden bedauerten insgeheim, dass er nicht den Kopf getroffen hatte…

Der Alte wechselte die Farbe im Gesicht von knallrot auf weiß und verschwand erst einmal. Die Seeleute befassten sich wieder mit Kette und Schleppdraht. Die Arbeit ging jetzt, trotz des schlechten Wetters, gut voran.

Nach dem Mittagessen wurden die Seeleute auf die Brücke zitiert. Jetzt hatte der Alte eine andere Platte aufgelegt. Er war der arme Verfolgte. Der „böse" Erste hätte ihn angegriffen, hätte versucht ihn umzubringen. Sie hätten es doch gesehen und müssten es bezeugen.

Doch der Kaptän hatte den Bogen überspannt. Keiner hatte etwas gesehen. Es half ihm nichts, die Matrosen einzeln anzusprechen. Niemand hatte etwas bemerkt, alle hatten genug damit zu tun gehabt, einigermaßen auf den Beinen zu bleiben. Mit wilden Drohungen entließ er die Seeleute. Er sprach von Meuterei, versuchtem Totschlag und Eintragung ins Journal. Auch von Strafantrag beim Seemannsamt war die Rede.

Doch zurück zum Schlepper mit seinem Anhang..

Der „Erste" war gerade dabei, „Sterne zu schießen". Es war die Zeit der „bürgerlichen Dämmerung", die Zeitspanne in der die Kimm (Grenze zwischen Himmel und See) deutlich und die Sterne noch zu sehen waren. Die Wolken waren etwas aufgerissen, so dass der Versuch ein paar „Sterne zu schießen", einige Aussicht auf Erfolg hatte. Technisch bedeutet dies, dass der Navigator den Winkel zwischen dem Stern und dem Horizont maß. Das Sateliten-Navigationssystem GPS (Global Position System) war noch nicht erfunden.

Der Erste stand in der Backbordnock, den Sextanten vor dem Auge, und versuchte einen Stern zu erwischen. Das war bei der herrschenden Dünung, der Schlepper ging ordentlich zu kehr, und den einzelnen Lücken in der Wolkendecke gar nicht so einfach. Kaum hatte er einen Stern zu fassen, verschwand er wieder in den Wolken. Der Matrose stand am Chronometer im Kartenhaus, um auf Zuruf des Ersten die exakte Zeit abzulesen, denn zum Errechnen der „Standlinie" benötigte der Erste die sekundengenaue Zeitangabe.

Trotz dieser schwierigen Bedingungen hatte er schon drei Sterne, „Arcturus", „Dubhe" und „Asterion" erwischt und versuchte gerade die „Betageuze" auf die Kimm zu zwingen, als der Alte wild brüllend auf der Brücke erschien. Es war kurz nach 6 Uhr Bordzeit.

Der Alte hatte sich ein „Spezial-Patent" für ein Problem am Schleppdraht ausgedacht, das jetzt unklar war. Für Sachverständige: Er hatte ein Jolltau am Beistopperschäkel anbringen lassen um zu verhindern, dass dieser bei dem Schlechtwetter auf den Schleppkranz geriet. Das andere Ende des Jolltaus hatte er an der Reling über der achteren Brücke fest machen lassen.

Er machte ein Riesentheater. Der Erste solle sofort an Deck rennen und mit Unterstützung des Matrosen das Schleppgeschirr klar machen. Die verdammten Sterne könne er getrost vergessen. Er könne eh nicht mit dem Sextanten umgehen… und so fort.

Der Erste, wie auch der Matrose folgten dem gebrüllten Auftrag ohne weiter nachzudenken und eilten überstürzt nach unten auf das Schleppdeck. In der Eile dachten sie weder an Sicherheitsgurt oder Schwimmweste.

Der Schlepper hatte das klassische Design. Das bedeutete, das Schleppdeck nahm die Hälfte des Schleppers ein und der Freibord, der Abstand zwischen Deck und Wasseroberfläche betrug weniger als einen Meter. Über das Schleppdeck spannten sich drei Schleppbügel, die den Draht über das Schleppdeck leiteten. Der erste Bügel lag ziemlich weit vorne, der Zweite achterkannte Windenhaus und der Dritte ziemlich dicht vor dem Schleppkranz.

Als die beiden an Backbordseite an Deck stürzten, schlug die See immer wieder an steuerbord über die Verschanzung. Sie befanden sich gerade zwischen den beiden letzten Schleppbügeln, als das Schiff mit Steuerbordseite besonders tief in die See eintauchte und beim Wiederaufrichten außergewöhnlich viel Wasser schöpfte.

Der Alte stand inzwischen im achteren Fahrstand und glaubte den beiden an Deck über Lautsprecher laufend Anweisungen geben zu müssen. Dadurch lenkte er sie aber nur zusätzlich ab.

Es kam wie es kommen musste. Das von steuerbord nach backbord schießende Wasser riss die beiden Seeleute von den Füßen, nicht angeschnallt wie sie waren, und schwemmte sie über Poller und Verschanzung in die stürmische See. Sie trieben achteraus... Der Schlepper lag in diesem Augenblick auf Backbordseite und der Steuermann erwischte im Vorbeitreiben in Höhe des letzten Schleppbügels mit einer Hand noch den Schandeckel der Verschanzung, konnte sich daran festkrallen. In diesem Moment neigte sich das Schiff wieder nach steuerbord und zog damit den Steuermann an der Backbordseite aus dem Wasser. Irgendwie schaffte er es, sich über die Verschanzung zu schieben und ließ sich an Deck fallen. - Der mit ihm über die Kante geschwemmte Matrose hatte nicht so viel Glück und trieb achteraus.

Der Alte im achteren Fahrstand hatte das ganze Theater beobachtet und sauste am Schornstein vorbei nach vorne auf die Brücke. Unterwegs warf er auf der Backbordseite noch einen Rettungsring ins Wasser.

Auf der Brücke angekommen drückte er auf den Generalalarm, riss die Tür zum Niedergang in die Unterkünfte auf und brüllte mit seiner lauten Stimme „Mann über Bord". Es war so gegen 0630 Uhr und der überwiegende Teil der Besatzung war zu dieser Zeit munter.

Auf das Klingeln des Generalalarms und das Geschrei des Kaptäns hin verwandelten sich die Aufbauten minutenschnell in eine Art Ameisenhaufen. Die Maschinisten sausten durch die Kombüse in den Keller (Maschinenraum), die Matrosen und der zweite Offizier auf die Brücke. Von den Matrosen enterten gleich zwei die Radarplattform auf dem Vormast um Ausschau nach dem Überbordgegangenen zu halten. Einer rannte in den achteren Fahrstand um die Beistopperwinde zu bedienen, wenn bei der anstehenden Kursänderung der Draht den Schleppkranz verließ und auf der Verschanzung entlang wanderte. Der vierte Matrose übernahm das Ruder auf der Brücke. Auch der erste

Offizier tauchte auf, er hatte sich auf die Schnelle umgezogen, griff sich ein Fernglas und stellte sich in die Backbordnock.

Der Funker hatte den Anhang, die Bohrinsel, informiert, damit die dortige Besatzung ebenfalls Ausschau nach dem vermissten Seemann halten konnte. Inzwischen hatten die Maschinisten die Maschinen auf Marinediesel umgestellt, denn mit dem Schweröl konnte man keine Manöver fahren.

Der Alte ließ den Kurs um 60 Grad nach steuerbord ändern. Als der Schleppzug auf den neuen Kurs gebracht war, ging er über backbord auf den Gegenkurs des ursprünglich anliegenden Kurses. Die Wassertemperatur außenbords betrug 7 Grad Celsius – schlechte Aussichten für einen über Bord gegangenen Seemann, ohne Schutzanzug und Schwimmweste.

Etwa nach einer Stunde kam der Rettungsring in Sicht, aber von dem Seemann keine Spur. Der Ring war bestimmt auch von den nordwestlichen Winden stark vertrieben worden.

Der Alte ließ den Ring passieren, fuhr noch eine Stunde weiter und ließ dann wieder auf Gegenkurs gehen. Inzwischen waren auch noch Regenschauer aufgekommen und der Wind hatte zugenommen. So ging das den ganzen Tag.

Mit Einbruch der Dunkelheit berief der Alte den Schiffsrat ein, Kaptän, 1.Offizier und Chief (Leiter der Maschinenanlage) und man beschloss, die Suche wegen Erfolglosigkeit abzubrechen. Der Beschluss wurde mit Begründung ins Tagebuch eingetragen.

Der abgesoffene Matrose war schon etwas älter gewesen, so an die 50 und diese Reise sollte sowieso seine letzte sein. Er hatte für die Zeit danach sogar schon einen Landjob in Aussicht gehabt.

Nach dem Abendbrot packte der 2.Offizier mit zwei Matrosen die persönliche Habe des Verstorbenen. Im nächsten Hafen sollten die Koffer an Land gegeben und den Angehörigen zugestellt werden.

Der Schleppzug war wieder auf dem alten Kurs und setzte seine Reise fort.

Am nächsten Tag war der Alte schon wieder oben auf und nervte die Besatzung wie gehabt, als wäre nichts geschehen...

8. Eine Gartenparty im Sommer

Die Gartenparty war schon richtig in Gange. Zahlreiche Gäste hatten sich eingefunden. Die Stimmung war prächtig.

Es war schön, ein Abend zum Träumen. Ein leckerer Cocktail, ein Caipirinha, eine Mischung aus brasilianischem Cachaca, Limetten, braunem Zucker und Eis, im Hintergrund brasilianische Musik, Sonnenschein – das passte genau. Da wurden Erinnerungen wach, aus längst vergangenen Zeiten.

Der sportliche Endfünfziger saß etwas abseits. Ach ja, vor 35 Jahren, wo war nur die Zeit geblieben, fuhr er als Matrose mit einem kleinen alten Frachter den Amazonas flussaufwärts bis in den Rio Negro nach Manaus. Sie waren etwa eine Woche auf dem Fluss unterwegs.

Ein faszinierendes Erlebnis, von Belem an der Mündung bis nach Manaus, auf diesem gewaltigen Fluss, bei tropischen Temperaturen, mit einem Schiff ohne Aircondition und mit den Unterkünften im Heck, genannt ‚Hotel Schraube', das der Abwracker übersehen hatte.

Manaus war einmal die legendäre Kautschukzentrale mitten im Dschungel gewesen, weit entfernt von jeder Zivilisation. Bis 1910, als das Kautschukmonopol fiel, profitierte die Stadt vom Handel mit Kautschuk, der im umliegenden Dschungel gewonnen wurde.

1896 eröffnete das Opernhaus, angeblich eine Kopie der Oper in Paris. Caruso soll hier gesungen haben und das Pariser Balett aufgetreten sein. Die Tänzerinnen kehrten allerdings nicht mehr nach Frankreich zurück, sondern heirateten alle in Manaus.

Mit dem Ende des Kautschukbooms fiel die Stadt in eine Art „Dornröschenschlaf", aus dem sie erst Ende der 60er Jahre des vergangenen Jahrhunderts wieder erwachte. 1974 hatte die Stadt ungefähr 145.000 Einwohner – heute sind es etwa 1,8 Millionen...

Als er gegen Anfang der 70er Jahre zum ersten Mal dorthin kam, machten die meisten älteren Häuser noch einen ziemlich mitgenommenen Eindruck, mit Moos und abblätternder Farbe an den Wänden. So manches Haus hatte dem Klima und dem Zahn der Zeit nicht widerstanden und war als Ruine in sich zusammengesunken, durch- und überwuchert von tropischer Vegetation. Einzig das Opernhaus war eben frisch renoviert worden.

Interessant waren die Menschen, die hier ihr gestrandet waren. Es gab einige, die ihr halbes Leben hier verbracht hatten, wie der alte Peter, der vor dem 1.Weltkrieg in Brasilien interniert worden war und den es gegen 1920 nach Manaus verschlagen hatte.

Andere Deutsche waren erst in jüngster Zeit angekommen. Sie hatten am Bau der Riesenstraße, genannt "Transamazonia" mitgewirkt, die von Süden über Tausende von Kilometern quer durch den Dschungel nach Manaus führte. Diese Piste hatte damals gerade den Amazonas erreicht. Heute ist sie verschwunden, der Dschungel hat sie geschluckt, wie so vieles im Laufe der Jahre.

Auch einige Touristen hatten sich hierher verirrt. Im Gedächtnis war ihm ein französisches Paar geblieben, das sich in einem alten Café am Hafen über ein schmutziges Glas erregte und als Ersatz ein ebenso schmutziges erhielt…

Die Einheimischen waren durchweg freundlich und hilfsbereit. Das hatte er am eigenen Leib erfahren, als er etwa 300 Kilometer flussabwärts das Schiff verpasste und nun irgendwie zurück nach Manaus kommen wollte, um von dort mit dem Flieger zurück nach Belem an der Ostküste zu fliegen, die einzige Möglichkeit den Dampfer wieder zu bekommen.

Ein völlig neues Lebensgefühl. Er stand ohne Geld und Ausweis am Ufer des Amazonas. Eine Pier gab es nicht, es war nur ein kleiner Holzplatz mit einem Sägewerk und das Schiff hatten sie an ein paar alten Bäumen festgemacht.

Aber als ‚Hein Daddel', ein Überbegriff für den einfachen Seemann, wusste er sich zu helfen. – Also marschierte der „achteraus gesegelte" Seefahrer kurz entschlossen zur kleinen Polizeistation des Fleckens und reihte sich in die Schlange der Bittsteller ein.

Nach einiger Zeit, die Schlange hatte sich schon etwas bewegt, erschien ein Einheimischer und brachte ihn in die einzige Kneipe des Ortes, hochtrabend Restaurant genannt. Hier saß der Agent, der das Schiff schon in Manaus betreut hatte. Sein Ausweis lag vor ihm auf dem Tisch. Er sollte sich doch erst einmal setzen und einen Kaffee trinken.

Erfreut setzte er sich zu dem Agenten an den Tisch. Außer der Tasse Kaffee hatte dieser auch ein Glas Cachace vor sich stehen. – Ob er auch einen wollte.? Nein danke – so früh am Morgen und dann noch Cachace, nichts für ihn....

Zwei Tage hielten sie sich in dem Örtchen noch auf und dann ging es mit einem „Taxi", einem klapprigen amerikanischen Auto zurück nach Manaus. Die Fahrt war abenteuerlich. Bei der Straße handelte es sich um eine unbefestigte Piste durch den Dschungel. Man hatte einfach die Bäume gefällt, die Piste planiert und fertig war die Straße.

Über die Nebenflüsse fuhren einfache Fähren an einem Seil. Es handelte sich um Pontons ohne Geländer, auf die vielleicht zwei oder drei Autos oder ein kleiner LKW passten. An der einen Seite lief ein Drahtseil, das an beiden Ufern festgemacht war. Dieses Seil lief auf der Fähre über eine Trommel, die von einem kleinen Dieselmotor angetrieben wurde. Sollte die Fähre nun los fahren, kuppelte der Fährmann die Trommel an den Motor, das Seil wurde abgespult und die Fähre so durch den Fluss zum anderen Ufer gezogen.

Auf der Fahrt nach Manaus knallte dreimal ein Reifen weg, was den Fahrer des „Taxis" aber nicht sonderlich beunruhigte.

Bei einem dieser Zwangsaufenthalte sprang sein Begleiter plötzlich in den Dschungel am Straßenrand und kam mit einer großen schwarzen Schildkröte zurück. Das sei eine Delikatesse, machte er ihm klar und packte sie in den Kofferraum.

Für die etwa 300 Kilometer brauchten sie 9 Stunden. An den Straßenrändern waren immer wieder Erdhügel mit Kreuzen zu sehen – Unfallopfer, die an Ort und Stelle begraben worden waren. Leicht geschafft kamen sie nach Manaus zurück.

Der Weg zurück nach Belem an der Atlantikküste war dagegen ein Kinderspiel. Toll war der Flug über Amazonien. Faszinierend das Bild, wie sich der Rio Negro mit seinem dunklen Wasser in den Amazonas ergießt…

Was so ein kleiner Caipirinha alles an Erinnerungen wecken kann! Glücklich und leicht beschwipst kehrte er in sein trautes Heim zurück.

9. Das schöne Mädchen aus La Ceiba

Sorea war wirklich das schönste Mädchen in der großen Stadt La Ceiba. Sie hatte eine Ausstrahlung, die nicht nur Männer sondern auch Frauen beeindruckte. Viele junge Frauen wollten sein wie sie. Unter anderem trat die junge Frau als GoGo-Girl in der Diskothek „El Kairo", dem angesagtesten Schuppen in La Ceiba, einem Bananenhafen in der Karibik an der hondurianischen Küste, auf. Die Disco „El Kairo" war auch bei den Seeleuten der Bananenfrachter recht beliebt. Seeleute sprachen allerdings nie von Bananenfrachtern sondern nur von „Bananenjägern", weil diese Schiffe wesentliche schneller fuhren als die anderen Frachter.

Auf der „Ahrensburg", einem „Bananenjäger" der Reederei Harald Schuldt, war man bester Laune. Die Werftzeit war zu Ende und man fuhr zurück in die Karibik. Die „Ahrensburg" war an die amerikanische Bananengesellschaft „United Fruit" für die Route von La Ceiba in Honduras nach Gulfport in der Nähe von New Orleans verchartert worden.

Zwei Wochen hatte man bei Blohm und Voss in Hamburg in der Werft gelegen. Die „Ahrensburg" wurde gedockt, erhielt einen neuen Unterwasseranstrich und machte „Klasse", das heißt der Germanische Lloyd, eine Klassifikationsgesellschaft, untersuchte das Schiff. Den Klassifikationsgesellschaften für die Schiffe entspricht an Land der TÜV für die Autos. Überall stolperte man über Kabel und Leitungen oder irgendwelche Werftarbeiter, „Werftgrantis" genannt, die sich am Schiff zu schaffen machten.

Alle an Bord waren heilfroh, als es endlich wieder los ging und dann noch in die Karibik. Vor allem die Kollegen aus Mittelamerika freuten sich. Für sie ging es wieder nach Hause.

In der Mannschaftsmesse war La Ceiba das große Thema. Der Scheich, der Bootsmann, kannte nichts anderes. Er war schwer in die schöne Sorea verliebt. Jedem der Kollegen schwärmte er von seiner Angebeteten vor. Er sprach schon von Heirat und wie er berichtete, schickte er ihr auch seit Monaten einen „Ziehschein", das heißt die schöne Sorea bekam von ihrem Verehrer jeden Monat eine feste Summe.

Selbst gutmütige Kollegen wunderten sich leicht. Der verliebte Scheich war nämlich schon etwas in die Jahre gekommen. Er hatte die Vierzig überschritten und war körperlich auch nicht mehr in der besten Verfassung. Die täglichen Flaschen Bier hatten einen beachtlichen Bauch wachsen lassen.

Na ja, wie sagt man so schön: Liebe macht blind…

Auf jeden Fall freuten sich alle nach La Ceiba zurück zu kommen. Zahlreich waren die Verbindungen dorthin. Der zweite Maschinist und ein Matrose waren in La Ceiba verheiratet und hatten dort eine Familie. Ein Teil der Besatzung waren Einheimische. Ein Matrose aus La Ceiba hatte auch seine Frau nach Deutschland mitnehmen können. So war die Stadt in aller Munde.

La Ceiba war eine Stadt mit etwa 60.000 Einwohnern. Der Hafen bestand aus einer hölzernen Pier mit gerade zwei Liegeplätzen für „Bananenjäger". Die Bananen wurden per Eisenbahn mit uralten Wagen herangekarrt. Die Verhältnisse konnte man damals, Anfang der 70er Jahre des vergangenen Jahrhunderts, aus europäischer Sicht nur als mittlere Katastrophe bezeichnen. Sechzig Prozent der Stadt, darunter die großen Hotels und andere lukrative Institutionen, zum Beispiel das örtliche Gefängnis, gehörten der Familie „de La Rosa". Die Familie de la Rosa führte ihren Stammbaum auf einen spanischen Conquista zurück, der hier gestrandet war. Die Korruption war allgegenwärtig.

Zu dem Gefängnis hatte so mancher der Besatzung ein innigeres Verhältnis. Das Risiko zu einem kleinen Aufenthalt gezwungen zu werden, war relativ groß. Es reichte unter Umständen „leicht" angetrunken einem Polizisten zu begegnen, der gerade Geld brauchte – zack, ehe man sich versah, gab's „gesiebte Luft" und der Alte durfte am nächsten Morgen antanzen und den armen Sünder mit einer kleineren Geldsumme auslösen. Praktischerweise lag das Gefängnis gleich neben der Pier.

Aber das Ganze war nicht zum Spaßen. Wie einer der aus

La Ceiba stammenden Kollegen berichtete, war ein Cousin von ihm bei einer Auseinandersetzung ums Leben gekommen. Die Polizei hatte den Täter gefasst und in den Knast gesteckt. Die Familie des Täters versuchte nun verzweifelt das Geld aufzutreiben, um ihn aus dem Knast frei zu kaufen.

Die Familie des Opfers ihrerseits wartete hingegen darauf, dass der Übeltäter frei kam, um ihn ihrerseits umzubringen. Vermutlich blieb dem armen Sünder nur, sich nach den „Estados Unidos", den USA, abzusetzen und dort sein Dasein als Illegaler zu fristen.

Die Gewalttätigkeit der Polizei war erschreckend und allgegenwärtig. So wurde eine Gruppe Seeleute der „Ahrensburg" Zeugen, wie ein Mann aus nichtigem Anlass erschossen wurde.

Es war ein später Abend, als die Polizei offensichtlich eine Razzia veranstaltete. Große Polizeiwagen mit blauen Blinklichtern standen vor einem kleinen Lokal in einem Armenviertel, einem Viertel der Schwarzen. An der Wand standen drei farbige Männer mit auf den Rücken gefesselten Händen, die Gesichter zur Wand gerichtet. Im Abstand von etwa drei bis vier Meter standen einige Polizisten.

Plötzlich drehte sich einer der gefesselten Männer um und lief weg. Anstatt dem Flüchtigen zu folgen, zog der Chef der Gruppe, ein Polizist mit einem gewaltigem Bauch und tief sitzendem Gürtel, die Pistole und schoss auf den Flüchtigen. Der wurde getroffen und fiel auf die Straße. Einer der Polizisten sprach in sein Walkie-Talkie. Keiner ging zu dem Angeschossenen. Etwa zehn Minuten später erschien eine Ambulanz und packte den Verletzten ein. Er starb am nächsten Tag im Krankenhaus. Wie man hörte, die Tante eines Seemanns auf der „Ahrensburg" arbeitete im Krankenhaus, soll die Kugel die Niere getroffen haben...

Überhaupt die Hautfarbe. Wie die einheimischen Kollegen, als auch Seeleute, die schon länger in der Gegend lebten, berichteten, war das soziale Prestige stark von der Hautfarbe abhängig – je heller, desto angesehener. Auf der untersten Stufe standen die dunkelhäutigen Menschen.

Doch zurück zu unserem Scheich. Je näher das Schiff an seinen Bestimmungsort kam, desto nervöser wurde er. Irgendwann war es dann soweit. Der Lotse kam mit einem kleinen Holz Boot an Bord und brachte die „Ahrensburg" sicher an die Pier. Das Festmachen war etwas schwierig. Es stand Schwell an der Pier. Das bedeutete, das Schiff arbeitete ziemlich heftig und musste mit schweren Drähten von Land festgemacht werden. Die eigenen Festmacherleinen hätten den durch die Bewegungen auftretenden Kräften nicht lange standgehalten.

Außerdem musste das Ladegeschirr klar gemacht und die Luken geöffnet werden. Als dann die ersten Kartons mit Bananen an Bord kamen, konnte der Scheich endlich an Land gehen. Er war etwas nervös, denn seine schöne Sorea hatte ihn nicht, wie sonst, an der Pier erwartet.

Spät abends kam der Scheich zurück, abgefüllt und mit ziemlich ramponiertem, weißen Anzug. Der Matrose auf Nachwache musste ihm noch die Gangway hoch helfen. Ohne ein Wort verschwand er in seiner Kammer.

Am nächsten Morgen berichtete er beim Frühstück in der Messe von seinem Schicksal. Seine Sorea war nicht mehr aufzufinden gewesen. Durch Nachfragen bei Familie und Nachbarn erfuhr er Näheres. Seine Sorea hatte tatsächlich geheiratet, aber nicht ihn. Sie hatte einen jungen englischen Steuermann von einem anderen „Bananenjäger" geheiratet und war mit ihm nach England geflogen. Was ihn tröstete war die Tatsache, dass er nicht der einzige Betrogene war. Sorea hatte insgesamt fünf Seeleuten die Ehe versprochen und jeden Monat fünf Ziehscheine kassiert…

10. Hamburg hat ein neues Seezeichen
Das internationale Maritime Museum

Für den Besuch des Maritimen Museums nimmt man sich am besten einen halben bis zu einem ganzen Tag Zeit. Die Ausstellung ist so gigantisch, dass sich zur Einstimmung ein kleiner Spaziergang anbietet.

Sehr günstig ist es, mit der U-Bahn bis zur Station Baumwall zu fahren, um von dort aus über die Niederbaumbrücke und über den Binnenhafen Kurs Richtung Elb-Philharmonie zu nehmen. Am besten man überquert auch gleich den Kehrwiederfleet und trifft auf die Straße „Am Sandtorkai."

Jetzt gibt es zwei Möglichkeiten. Entweder man geht die etwas langweilige Straße entlang, oder aber man geht ein paar Schritte weiter zum „Sandtorhafen".

Im Sandtorhafen liegt eine leicht zugängliche Pontonanlage, genannt „Traditionsschiffshafen". Hier liegen die schönsten Oldtimer, darunter der Lotsenschoner „Elbe 1" aus dem 19. Jahrhundert. Auf der Pier laden etliche Cafe's zu einer kleinen Rast bei einer Tasse Kaffee ein. Am Ende des alten Hafenbeckens erreicht man die Magellan-Terrassen.

Auf den Piers auf beiden Seiten des Sandtorhafens stehen hochinteressante neue Bauten. Alle ruhen etwas erhöht auf einem Sockel, vermutlich, damit die unteren Etagen bei einer Sturmflut nicht voll laufen.

Von den Magellan-Terrassen führt der Weg auf der Straße „Am Sandtorkai" eine kurze Strecke bis zur Osaka-Straße. Schon einige Zeit vorher kann man den „Kaispeicher B", einen imposanten Backsteinbau aus den Jahren 1878/79, ausmachen. Darin ist das Maritime Museum untergebracht. Um es kurz zu sagen, dieses Museum ist wohl das Größte und Schönste auf dem Sektor Maritimes, sowohl vom Aufbau her als auch von der Vielfalt der Exponate. Wie das ein Einzelner, Peter Tamm, zusammentragen konnte und sei er auch noch so wohlhabend – ist einfach unglaublich.

Doch zunächst etwas Statistik:

Die Sammlung Peter Tamm umfasst mehr als 36.000 Modelle, 5.000 Gemälde, 120.000 Bücher und Atlanten, 50.000 Konstruktionspläne, unzählige Dokumente, Uniformen, Auszeichnungen, Waffen aller Epochen, nautische Geräte, Fernmeldetechnik, Möbel, Souvenirs aus allen Kontinenten und mehr als eine Million Fotos. Natürlich kann davon nur ein Bruchteil in diesem riesigen Museum gezeigt werden.

Am besten erreicht man den Kaispeicher „B" über eine Fußgängerbrücke. Außen sind an der Mauer einige kleinere Schiffsschrauben angebracht. Eine unscheinbare Glastür führt in einen großzügigen Eingangsbereich, mit gläsernen Wänden. Rechts ein Gastronomiebetrieb, links die Eingangshalle, mit Museumsshop, Garderobe und Eingangstresen.

Am Eingangstresen wird der Eintritt bezahlt, 13 Euro. Auch ein Katalog wird erstanden, eine Investition die sich lohnt, denn bei der Masse der Exponate ist es sehr schwierig einen gewissen Überblick zu behalten. Eine freundliche Dame gibt den Tipp, mit dem Fahrstuhl in den 9.Stock zu fahren und dort zu beginnen, so könnte man gemütlich abwärts von einem Deck ins andere wandern. – Ein guter Rat, wie sich herausstellt.

Eigentlich hat das Museum 10 Stockwerke, Decks genannt, aber das 10. Deck ist für Veranstaltungen reserviert.

Im **9. Deck** angekommen, landet man in einem Raum mit unzähligen Glasvitrinen „Seefahrt im Kleinen". Mehr als 20.000, in Worten zwanzigtausend Modelle im Maßstab 1:1250 , nur wenige Zentimeter lang liegen in den Vitrinen. Laut Info des Katalogs war dieser Maßstab in den 20er Jahren des vergangenen Jahrhunderts bei kleinen Jungen und ausgewachsenen Militärs sehr populär.

Es ist faszinierend. Unter den unzähligen Frachtern und Einheiten der Kriegsmarinen dieser Welt, findet der Verfasser auch einige alte Bekannte. So zum Beispiel die „Hammonia", einen Frachter der gleichnamigen Serie, mit 24 Ladebäumen und 12 Masten, in den späten 60er und den frühen 70er Jahren des vergangenen Jahrhunderts in der Ostasienfahrt eingesetzt. Diese sechs Schiffe waren nach Meinung vieler Fachleute, die elegantesten Schnellfrachter, die je gebaut worden sind. Der Standardscherz an Deck war damals, eigentlich müsste man einen Oberförster fahren für die vielen Bäume.

Von den „Never come back Linern" in der Trampfahrt aus dieser Zeit, wie zum Beispiel von der „Transgermania" ex „Welheim", gebaut als Kohlenfrachter bei den Flender-Werken in Lübeck 1949, oder von der „Hildegard Dörenkamp", von der „Poseidon" und von der „Tampa", um nur einige zu nennen, gibt es natürlich keine Spuren. Es handelte sich oft um Einzelschiffe, die längst abgeschrieben, mühsam mit wechselndem Erfolg ihr Geld in der Trampfahrt verdienten. Entsprechend frugal fielen der Proviant und die Ausrüstung aus.

Auf diesem Deck ist außerdem noch der Steuerstand eines Zeppelin aufgebaut. Dies hat durchaus seine Berechtigung, denn die Besatzungen der Zeppeline mussten Seefahrtsbücher haben, weil die Zeppeline nicht als Flugzeuge galten, sondern als „Luftschiffe".

Weiter hat man etliche Hafenanlagen, Seeschlachten und die Seenotrettung en miniature errichtet.

Das nächste ist das **Deck 8.**

An den Stellwänden sind unzählige Bilder, meist Ölgemälde aufgehängt, darunter viele „Kapitänsbilder". Es war ein alter Brauch, dass ein Kapitän/Eigner ein Bild von seinem Schiff von einem darauf spezialisierten Marinemaler malen ließ. Noch in den 1970er Jahren, als noch viele Eigner selbst mit ihren Kümos (Küstenmotorschiffe) unterwegs waren, hatte jeder von ihnen ein Bild seines Schiffes im Salon an der Wand. Viele dieser Bilder stammten aus Odense, Dänemark, wo damals ein bekannter Schiffsmaler lebte und arbeitete.

Besonders beeindruckend ist ein Seestück mit dem Titel:, „Schwere See im Atlantik". Es sind nur Wolken und die stürmische See dargestellt. Faszinierend – die Stimmung ist sehr gut getroffen, die Farbe des Wassers stimmt. Insgesamt sollen laut Katalog 250 Gemälde auf Deck 8 betrachtet werden können.

Ebenfalls auf Deck 8 ist die Schatzkammer untergebracht. Zahlreiche Segelschiffsmodelle aus den unterschiedlichsten Materialien, Jahrhunderten und verschiedensten Größen sind dort ausgestellt.

Es gibt beeindruckende Modelle aus Knochen, Bernstein, Elfenbein, Silber und Messing. Kriegsgefangene, die auf ausgedienten Schiffen, genannt „Hulks", gefangen gehalten wurden, bauten zum Zeitvertreib Schiffe aus Knochen. Diese Gefangenen bauten Modelle von verblüffender Genauigkeit. Jede Kleinigkeit der Takelage ist nachgebildet, die Planken der Schiffsrümpfe sind einzeln mit Nägeln aus Messing an den Spanten befestigt. Eine unfreundliche Überlieferung behauptet, sie hätten auch Menschenknochen für ihre Schnitzereien benutzt.

Der Star der Sammlung ist gewiss die ‚Santa Maria' des Christoph Columbus aus reinem Gold.

Deck 7 ist dem Meer gewidmet und seiner Nutzung durch den Menschen. Im Eingangsbereich sind ein paar kleine Fische, eingelegt in Spiritus mit einigen Fotos aus der Tiefsee aufgebaut. Auf der gegenüber liegenden Wand wurden Zitate von wichtigen Menschen im Zusammenhang mit dem Meer angebracht.

Anhand von Modellen werden die Fischerei, die Tiefseeforschung und die vielfältige Nutzung des Meeres durch den Menschen erklärt. Auch einige Originale sind vorhanden, ein Harpunengeschütz eines Walfängers, etliche Harpunen von den Handharpunen bis zu den modernen Harpunen mit einer Granate an der Spitze, ein großer Bohrkopf aus der Ölindustrie, Darstellungen von Bohrinseln und, und, und....

Auf **Deck 6** wird die Entwicklung der Handelsschifffahrt an Hand von großen Schiffsmodellen gezeigt. Die Bandbreite reicht von den alten Dampfern, über die modernen Stückgutfrachter bis hin zu den Containerschiffen, Tankern und vielen anderen Schiffen. Aber auch zahlreiche Arbeitsschiffe, wie

Hafenschlepper, Bohrinselversorger, Bergungsschlepper sind vertreten.

Das Motto des **Decks 5** lautet ‚Krieg und Frieden'. Ausgestellt wird alles was mit Kriegsmarine zusammenhängt, von den Anfängen auf den hölzernen Segelschiffen über die Panzerschiffe bis hin zu den modernen Kriegsmarinen.

Zahlreiche Modelle von legendären Kriegsschiffen, Bilder und Fotos erwecken einen recht guten Eindruck von der Entwicklung im Laufe der Jahrhunderte.

Auf die Wand im Treppenhaus werden historische Filmaufnahmen projiziert. Es handelt sich um historische Filmsequenzen, so z.b. über die Expedition des Segelschiffes ‚Endurance' 1915 in die Arktis. Die schwarz-weiß Aufnahmen geben einen Eindruck von dem Schiff, seiner Ausrüstung und seiner Fahrt in das Packeis. Der dramatische Höhepunkt des Films zeigt, wie das Schiff von den Eismassen eingeschlossen und letztendlich davon zerdrückt wird. Man sieht, wie die Segel herunter fallen und sich die Masten nach verschiedenen Richtungen neigen. Der Schiffsrumpf zerbricht.

Die Besatzung steht daneben auf dem Eis und sieht dem Untergang zu.

Anschließend hat der Fotograf dokumentiert, wie die Überlebenden versuchen mit Hundeschlitten über das zerklüftete Eis festes Land zu erreichen. Auch versuchen einige dick vermummte Gestalten ein Rettungsboot über das Eis zu schaffen.

Als Nächstes folgen Aufnahmen aus dem Seekrieg im 1.Weltkrieg, von sinkenden Segelschiffen, zerbrochenen Tankern, zerschossenen Schiffswracks, gefolgt von Hafenszenen… beeindruckend und bedrückend zugleich.

Deck 4
Eine Vielzahl von Uniformen der Kriegsmarinen dieser Welt werden an Schaufensterpuppen ausgestellt. Da steht der russische Admiral neben dem amerikanischen Bootsmann und dem deutschen Maat. Zusätzlich werden Unmengen von Waffen gezeigt.

Der Teil eines Decks auf einem Segelkriegsschiff ist dort in Originalgröße mit zwei Kanonen auf Lafetten aufgebaut. Die eine Kanone ist ausgerannt, die Luke offen, die Kanone schussbereit. Daneben befindet sich eine Kanone in ‚seeklarer' Position, die Klappe geschlossen und die Kanone fest gelascht. Rundherum liegt die benötigte Ausrüstung,

Die Unterkünfte an Bord von Mannschaften und Offizieren werden in einer anderen Ecke dargestellt. Die Matrosen schliefen in Hängematten und aßen an Baken, an Tischplatten die mit Seilen an der Decke befestigt waren. Die Offiziere hatten etwas komfortablere Kojen, feste Stühle und Tische.

Auf **Deck 3** findet man alles über den Schiffs- und Maschinenbau, vom Einbaum bis zum heutigen Containerschiff, dargestellt mit Schiffsmodellen und Zeichnungen. Ein schwarzer, halb zerfallener Einbaum kündet von längst vergangenen Zeiten. Faszinierend sind die Modelle der Dampfmaschinen von 1910.

Den Segelschiffen ist **Deck 2** gewidmet. Zahlreiche Modelle und Bilder berichten von 3.000 Jahren Seefahrt unter Segel. Originalwerkzeuge der Reepschläger (Seilmacher), Takler, Schiffszimmerleute und Matrosen kann man hier betrachten. Ihren Gebrauch zeigen Bilder und Zeichnungen.

Weitere Themen sind chinesische Schiffe, Piraten, Bukaniere und der Mythos „Cap Horn".

Auf **Deck 1** bekommt der Besucher einen Eindruck davon, wie man vor der Einführung des Satelliten-Systems (Global-Position-System / GPS) navigiert und mit dem Rest der Welt kommuniziert hat. Nautische Instrumente, alte Funkanlagen und elektronische Peilgeräte werden hier ausgestellt und durch Texte erklärt.

Fazit:

Diese riesige Sammlung hat für jeden etwas, sei er Seefahrer, Yachti oder Landratte. Der Besuch ist ein Erlebnis und lohnt sich auf jeden Fall.

11.Die See

Wenn mit ihren Atemzügen
sich die Dünung senkt und hebt,
und die Winde sie durchpflügen,
dann verspürst Du, dass sie lebt.

Wenn die Stürme Shanties geigen,
Rasmus ausgelassen tollt,
und die Wellen Zähne zeigen,
dann erkennst Du, dass sie grollt.

Bist Du einst an Land gegangen
auf der Suche nach dem Glück,
zieht ein heimliches Verlangen
Dich doch stets zu ihr zurück.

Bern Hardy

12. Mike, der Decksmann

Mike war ein etwas seltsamer Kollege. Er stammte aus Regensburg in Bayern und fuhr auf einem großen Stückgutfrachter auf der Linie Südafrika – Liverpool als Decksmann an Deck.

Mike erzählte merkwürdige Geschichten. Aber als guter Erzähler fand er immer einige Zuhörer. Es war im Prinzip auch nicht wichtig, ob die Geschichten wahr oder erfunden waren, die meisten an Bord logen sowieso, dass sich die Balken bogen, Hauptsache, die Geschichten waren interessant.

Er erzählte von Astralreisen, die er unternommen haben wollte, auch von Wahrsagern und Propheten. Als Beruf gab er „Erfinder" an, denn er hatte wohl Ende der 60er / Anfang der 70er Jahre des vergangenen Jahrhunderts eine Erfindung mit Licht gemacht, die ihm eine größere Summe Geld eingebracht hatte. Wie er berichtete, hatte er sich von dem Geld als Erstes ein Motorrad gekauft und war damit nach Afghanistan gefahren.

Es war damals so, dass viele junge Leute, die nicht wussten, was sie werden wollten, an asiatischer Mentalität interessiert und von Hasch etwas angetan waren, sich auf den Weg nach Afghanistan und / oder Indien machten. Sie reisten oft mit einem klapprigen Auto, viele aber auch per Anhalter, zu Fuß und / oder mit den örtlichen Verkehrsmitteln. Auf dem „Autoput", der größtenteils zweispurigen Schnellstraße durch das „liberale" kommunistische Yugoslawien traf man sie häufig, sowohl nordgehend in Richtung Heimat, als auch südgehend in Richtung Afghanistan.

Eines Tages war Mike nicht mehr da. Der Scheich hatte ihn zum Rost kratzen eingeteilt. Er sollte am Lukensüll von Luke 2 die rostigen Stellen mit Rosthammer, Roststecker und Stahlbürste entfernen und mit Mennige anstreichen. Als er Ende der „Tea-Time", zwanzig Minuten nach zehn, nicht erschien, suchte ihn der Scheich. Er fragte alle Kollegen in Reichweite – keiner hatte ihn gesehen.

Alarmiert eilte er auf die Brücke. Außer dem 2.Offzier war

gerade auch der Kapitän auf der Brücke. Unverzüglich wurde eine große Suchaktion gestartet, Deck und Aufbauten gründlich durchsucht.

Ein Matrose fand schließlich am Heck auf einem Poller ein ordentlich zusammengelegtes T-Shirt und an Deck ein Paar Arbeitsschuhe. Er brachte die Sachen auf die Brücke.

Wie der Scheich und ein Matrose bestätigten, gehörten beide Sachen Mike, dem Decksmann. Er hatte sich offensichtlich vom Heck ins Kielwasser fallen lassen….

Der Alte drückte auf den Alarmknopf, „Mann über Bord". Die Suche an Bord wurde eingestellt. Die Schiffsleitung, Kaptän, 1.Offizier und der Chief (Leiter der Maschinenanlage) beratschlagten die nächsten Schritte. Glücklicherweise war das Wetter sehr gut, praktisch windstill, kein Seegang nur etwas lange, westliche Dünung.

Schließlich war man sich einig. Der Ausguck wurde verstärkt, ein Matrose wurde auf das Peildeck, ein anderer auf die Back geschickt und ein Dritter übernahm das Ruder auf der Brücke.

Auf Anweisung des 1.Offiziers machte der Scheich mit seinen Leuten das Steuerbord-Rettungsboot klar. Der Chief ließ Öl außenbords pumpen, und legte damit eine Ölspur ins Wasser – eine Idee des Kaptäns. Dann ließ der Alte auf Gegenkurs gehen und achtete darauf, dass der Frachter exakt auf die Ölspur zu liegen kam. Das Schiff fuhr praktisch auf seiner eigenen Spur zurück.

So gegen halb Eins nach dem Mittagessen, meldete der Ausguck auf der Back, in zwei Strich an Steuerbord eine verdächtige Bewegung. Der wachhabende 3.Offizier lief mit dem Fernglas in die steuerbord Nock und tatsächlich, da trieb der Vermisste, zumindest konnte er ein Winken ausmachen.

Der Kaptän stellte den Maschinentelgraphen auf „Stopp". Die Maschine stand und das Schiff lief noch einige Zeit auf dem alten Kurs. Immer langsamer werdend näherte es sich dem Seemann im Wasser. Das Steuerbord-Rettungsboot wurde, bemannt mit dem 2.Offizier, dem Bootsmann und zwei Matrosen, zu Wasser gelassen. Der Motor wurde von Hand angekurbelt, denn ein Anlasser war nicht vorhanden. Das war allerdings nicht so ganz einfach. Der Motor stotterte, knallte und stieß schwarze Qualmwolken aus. Aber der Matrose ließ nicht locker, so dass sich der Motor bequemte und laut knatternd seine Arbeit aufnahm.

Langsam nahm das Boot Fahrt auf und tuckerte zu dem verunglückten Seemann. Dort angekommen, zogen sie den armen Kerl aus dem Bach. Dem Schiffbrüchigen fehlte nicht viel, nur die Sonne hatte ihm das Gesicht verbrannt. Er hatte einige Blasen davon getragen…

Die Seeleute fuhren mit ihrem Fang zurück an Bord, das Boot wurde an Bord gehievt und die Maschine wieder angeworfen. Der Alte ließ auf den alten Kurs gehen und man setzte die Reise fort.

Wie die Retter später berichteten, hatten sie den Schiffbrüchigen in der Gesellschaft von sechs großen Haien angetroffen, davon den Größten halb so lang wie das Rettungsboot. Das Rettungsboot war etwa neun Meter lang.

Der Alte und der 1.Offizier baten Mike, den Decksmann, in den Kaptänssalon, um Näheres über seine Beweggründe zu erfahren.

Wie er erklärte, handelte es sich um Liebeskummer. Er war am heutigen Tag total verzweifelt gewesen, weil an diesem Tag vor einem Jahr seine Freundin in einem Baggersee ertrunken war. Er wollte nur noch zu ihr, in die andere Welt. Erst als er im Bach lag, kam er wieder zur Vernunft. Nein, eigentlich wollte er gar nicht sterben….

Hier sein Bericht:

Leicht verdattert sah Mike dem davon fahrenden Schiff nach, das immer kleiner wurde. So ein Sch… Da trieb er nun im Meer und hoffte, dass ihn seine Kameraden noch finden und auffischen würden. Gott sei Dank war das Wetter ruhig, nur die Sonne, brannte unbarmherzig auf seinen Kopf.

Um sein Gesicht etwas abzukühlen, tauchte er unter die Wasseroberfläche. Er machte unter Wasser die Augen auf und erschrak. Einige Meter unter ihm schwammen zwei elegante

Haie. Einer der beiden kam eben nach oben. Offensichtlich konnte er den Schwimmer nicht einordnen und wollte sich dieses merkwürdige Wesen näher ansehen.

Mike, dem nichts anderes einfiel, zappelte mit den Armen und Beinen und versuchte unter Wasser einen Schrei auszustoßen. Dem Hai war die ganze Angelegenheit offenbar nicht geheuer, denn er entfernte sich etwas und gesellte sich wieder zu dem zweiten Hai. Die Zeit verging und die Haie vermehrten sich. Inzwischen kreisten sechs ausgewachsene Fische um ihn herum.

Mike tauchte von Zeit zu Zeit unter Wasser, um festzustellen, was seine unerwünschte Begleitung wohl im Schilde führte. Als er wieder einmal tauchte, bemerkte er, dass wieder einer dieser eleganten Fische Kurs auf ihn nahm. Er erinnerte sich daran, wie er den ersten Hai zum Abdrehen veranlasst hatte. Da ihm nichts anderes einfiel, machte er es wie zuvor. – Er schwamm mit schnellen Bewegungen auf den sich nähernden Hai zu und versuchte dabei unter Wasser zu schreien. Dabei störten ihn die aufsteigenden Luftblasen gewaltig. Dem Hai erging es wohl ähnlich, denn er drehte ab und reihte sich weiter unten zwischen den Kollegen ein.

Mike hatte inzwischen jedes Zeitgefühl verloren. Das verbrannte Gesicht schmerzte derart, dass er keinen Gedanken mehr an die Haie verschwendete. Irgendwann entdeckte er, als die Dünung ihn etwas höher trug, den Frachter in der Nähe. Er begann zu winken.

Offensichtlich hatte man ihn gesehen, denn das Schiff wurde langsamer und das Rettungsboot an Steuerbord zu Wasser gelassen.

Da fielen ihm seine Begleiter ein. Ein kurzer Tauchgang zeigte ihm aber, dass die Herrschaften für ihn nichts weiter als eine freundliche Neugier hegten und den Gang der Dinge aus sicherer Entfernung abwarteten.

Erleichtert und glücklich ließ er sich von den Kollegen aus dem Wasser ziehen und an Bord zurück bringen. Dort erfuhr er, dass er etwas mehr als vier Stunden im Wasser getrieben hatte.

Mike blieb dann anschließend noch etliche Monate an Bord, ohne irgendwie unangenehm aufzufallen. Er war allgemein geschätzt. Nur seine Geschichten über Astralreisen fand der eine oder andere schon etwas seltsam.

Aber das nahm ihm niemand übel.

13. Im Internet gefunden:

Es soll tatsächlich passiert sein – falls nicht, ist es immerhin eine lustige Geschichte. Es handelt sich um die Abschrift eines Funkgesprächs

Amerikaner: Bitte ändern Sie Ihren Kurs um 15 Grad nach Norden, um eine Kollision zu verhindern.

Kanadier: Ich empfehle, Sie ändern Ihren Kurs 15 Grad nach Süden, um eine Kollision zu vermeiden.

Amerikaner: Dies ist der Kapitän eines Schiffes der US-Marine. Ich sage noch einmal: Ändern Sie Ihren Kurs!

Kanadier: Nein. Ich sage noch einmal: Sie ändern Ihren Kurs!!!

Amerikaner: Dies ist der Flugzeugträger „USS Lincoln", das zweitgrößte Schiff in der Atlantikflotte der Vereinigten Staaten. Wir werden von drei Zerstörern, drei Kreuzern und mehreren Hilfsschiffen begleitet. Ich verlange, dass sie Ihren Kurs 15 Grad nach Norden, das ist Eins Fünf Grad nach Norden ändern, oder es werden Gegenmaßnahmen ergriffen, um die Sicherheit dieses Schiffes zu gewährleisten.

Kanadier: Wir sind ein Leuchtturm….

14.   Damals

Es war in den 60er Jahren des vergangenen Jahrhunderts. Auf der „Mary D." war man allgemein froh, dass es weiter ging. Die Liegezeit von vierzehn Tagen in New York an der Pier hatte alle ziemlich geschafft. Das Schiff hatte in Brooklyn an einer dieser alten, hölzernen Piers gelegen und Stückgut gelöscht. Als Nächstes sollte es im Hafen von Charleston im Staate South Carolina / USA Getreide für Südafrika übernehmen. Die „Mary C." war ein Trampdampfer, immer wieder nach neuen Zielen unterwegs, abhängig von den angebotenen Ladungen.

An steuerbord passierten sie die Freiheitsstatue und an Deck war man noch mit „seeklar machen" beschäftigt. Die Luken hatte man schon verschalkt, das heißt man hatte die Lukendeckel, schwere hölzerne Bohlen, auf die Scherstöcke aufgelegt, drei Persennige darüber gezogen und am Lukensüll mit Schalkkeilen gesichert.

Die 12 Mann an Deck, 9 Matrosen, 1 Zimmermann, 1 Jungzimmermann und der Bootsmann, allgemein „Scheich" genannt, hatten am gestrigen Tag genug zu tun. Jetzt mussten nur noch die Ladebäume in ihre Stützen gefiert und die an der Spitze der Ladebäume befestigten „Geien", Flaschenzüge mit denen die Bäume in Position gehalten wurden, auf den zwischen den Luken liegenden Deckshäusern seefest gesichert werden.

Das Schiff war eine alte Krücke, ein „Never-come-back-Liner" in der Trampfahrt, das dem Abwracker knapp entkommen war. Am Heck flatterte die Flagge von Liberia und als Heimathafen grüßte Monrovia.

Seine Karriere hatte das Schiff während des Krieges, 1942, als eines der so genannten „Liberty-Schiffe" begonnen. Bei den Schiffen der Liberty-Klasse handelte es sich um von den Amerikanern schnell zusammenbaute Schiffe mit 10.000 BRT (Bruttoregistertonnen) mit denen die von den deutschen U-Booten versenkten Frachter ersetzt wurden. Die amerikanischen Werften arbeiteten mit Hochdruck. Die durchschnittliche

Bauzeit betrug 40 Tage. Insgesamt wurden 2.700 Schiffe im Zeitraum von 1941 bis 1945 gebaut. Dabei handelte sich um Dampfschiffe mit Turbinen, die für den Nachschub auf die Kriegsschauplätze in Asien und Europa dringend benötigt wurden.

Im Atlantik fiel so manches Schiff den deutschen U-Booten zum Opfer, aber die meisten erreichten England. Insgesamt gingen durch Kriegseinwirkungen und andere Ursachen knapp 200 Einheiten verloren.

Aber zurück zur „Mary C." An Backbord blieb die Insel „Long Island" zurück, der Kapitän hatte Süd-Süd-Östlichen Kurs angeordnet und sich in seinen Salon zurückgezogen. Böse Zungen berichteten mitunter von einem Glas Whiskey, das immer irgendwo herum stand… Das tat seiner Autorität aber keinen Abbruch. – Für kleine Schwächen hatte jeder an Bord Verständnis. …

Die Decksgang war fertig mit „seeklar machen" und verzog sich in die Mannschaftsmesse. Es war inzwischen 12 Uhr, also Zeit für das Mittagessen. Die Mahlzeiten wurden strikt eingehalten. Frühstück war um 0730, Mittag um 1200 und Abendessen um 1730 Uhr.

Die Messe und die Unterkünfte waren mittschiffs untergebracht. Das war ein großer Vorteil, denn auf diesen Schiffen mussten niedrigeren Dienstgrade nicht im hintersten Teil des Schiffes über der Schiffsschraube, genannt „Hotel Schraube", hausen, wie bei den älteren Schiffen. Allerdings gab es auch mittschiffs einige Probleme. Zwei Matrosenkammern lagen genau über den Kesselräumen. Das bedeutete sie waren etwas warm, vor allem in den Tropen. Air-condition war auf diesen Frachtern nicht üblich.

In der Messe war man guter Laune. Alle waren erleichtert, dass die Reise weiter ging. New York war etwas teuer geworden und so mancher bekam beim Funker keinen Vorschuss mehr. Außerdem hatte der Eine oder Andere auch noch einen „dicken Kopf". Darauf wurde aber keine Rücksicht genommen, frei nach dem Spruch: „Wer saufen kann, kann auch arbeiten…"

In New York war auch ein neuer Koch eingestiegen. Er hatte einen Engländer abgelöst und alle hofften auf besseres Essen…

Einer der lautesten Macker in der Messe, ein Heizer, er hatte vom letzten Landgang ein „blaues Auge" mitgebracht und war auch sonst als übler Patron bekannt, wollte wohl den neuen Koch gleich mal „auf den Pott setzen". Kaum hatte der Steward ihm das Essen gebracht, er hatte gerade einen Bissen probiert, als er das Essen ausspie und mit seiner versoffenen Stimme laut pöbelte: „Schweinefraß, wer soll so etwas essen…" Als er dann noch den Verdacht äußerte, der neue Koch hätte sein Handwerk wohl als Teerkoch an der Autobahn gelernt, war das für den Koch zu viel. Er hatte nämlich im Gang neben der Messe gestanden und eine Zigarette geraucht, denn die Essensausgabe machte der Kochsmaat, sein Helfer in der Kombüse.

Wutentbrannt warf der Koch seine Zigarette durch das offene Schott an Deck, stürmte in die Messe, packte den alten Säufer am Kragen und zog ihn hoch… Mit einem geknurrten „Was, mein Essen schmeckt Dir nicht…", drückte er dem Halunken den Teller mit dem Essen voll ins Gesicht. Es gab Kartoffelpüree, Rinderbraten mit Sauce und Gemüse…

Vorsichtig stellte er den Teller zurück auf den Tisch und der Halunke sank verdattert auf seinen Stuhl. Ab da an war Ruhe. Über das Essen wurde nicht mehr gemeckert und der Koch entpuppte sich als freundlicher Kollege, immer hilfsbereit…

Die Reise nahm ihren Verlauf. Man kam nach Charleston, wo ein alter Dampfkran mit einem großen Greifer die Laderäume mit Getreide füllte. Vorher hatten die Seeleute auf See noch einiges zu tun, denn sie mussten in den Luken „Getreideschotten" bauen. Das heißt, in den Zwischendecks der Laderäume wurden in der Mitte, von vorn nach achtern aus stählernen Stützen, Holzbalken und Bohlen Wände, so genannte „Schotten", errichtet, damit bei Schlechtwetter das Getreide nicht auf eine Seite übergehen und das Schiff zum Kentern bringen konnte.

Von Charleston ging die Reise dann nach Durban in Südafrika. Es war eine schöne Reise. Der Passat nördlich und südlich des Äquators blies mäßig und die Äquatortaufe überlebten alle ohne größere Blessuren.

Kurz vor Kapstadt passierten sie an Backborseite in sicherem Abstand die Gefängnisinsel „Robben Island". Dieser nackte Felsklotz im Meer wurde später weltweit bekannt, als ein ehemaliger, politischer Häftling, Nelson Mandela, Präsident Südafrikas wurde. Unter dem Apartheitregime wurden hier viele politisch nicht genehme Personen eingesperrt.

Aber auch ein Matrose der „Mary D." berichtete von 6 Monaten Knast auf der Gefängnisinsel. Er hatte er sich mit einem farbigen Mädchen eingelassen, war erwischt und zu sechs Monaten auf Robben Island verurteilt worden. Er erzählte, dass er dort in einem Steinbruch mit einem Hammer Steine klopfen musste…

Nach einigen Tagen erreichten sie Durban. Durban war eine schöne Stadt, allerdings nur für die Weißen. Auf den Parkbänken in den Parks wiesen zum Beispiel kleine Schilder mit der Aufschrift „Whites only" darauf hin, dass diese den Weißen vorbehalten waren. In den städtischen Bussen war es der vordere Teil, in dem die Weißen sich aufhalten konnten. Überflüssig zu erklären, dass das Abteil für die Weißen weitaus besser ausgestattet war, als der Rest des Gefährts.

Das Regime der Buren hatte auch eine gewisse Rangfolge unter der Bevölkerung Südafrikas durchgesetzt. An der Spitze standen die Weißen und am Ende der Skala die Schwarzen. Dazwischen hatte man die anderen Menschen brauner Hautfarbe eingeordnet, Chinesen, gebürtige Inder, Pakistanis, und Südamerikaner. Einzig für die Japaner machte das Burenregime eine Ausnahme. Sie galten als eine Art „Ehrenweiße".

So vergingen die Tage in Durban. Die Ladung wurde gelöscht, das heißt, sie wurde mit Hafenkränen an Land aus der Luke des Schiffes auf Laster an der Pier verladen. Wer von der Besatzung an Bord keinen Dienst hatte lag am Wochenende am Strand. Von der Schiffsleitung wurde auch mancher Ausflug an Land organisiert und der harte Teil der Gang saß abends in einer der vielen Kneipen.

So auch der Koch. Zusammen mit zwei Matrosen pilgerte er zu später Stunde die leere Pier entlang. Man war bester Stimmung. Da tauchten plötzlich aus dem Nichts drei schwarze Räuber auf. Zwei hatten größere Messer in der Hand und es war offensichtlich, sie wollten die Drei ausrauben.

Der Koch merkte als Erster, wohin der Hase lief, den beiden anderen trübte der Alkohol den Blick. Fette Beute witternd, griffen die beiden Messerhelden an – aber Pech gehabt... Ehe sie sich versahen, hatte der Erste einen gut platzierten Kinnhaken vom Koch eingefangen und der Zweite einen Leberhaken, verbunden mit einem Tritt in die Weichteile... Die Folge war, der erste Räuber legte sich auf dem Asphalt zum Schlafen, der Zweite krümmte sich vor Schmerzen und der Dritte sprintete in Panik davon.

Das passierte innerhalb von wenigen Sekunden. Die beiden Matrosen starrten leicht verblüfft auf ihren Kollegen aus der Kombüse. Eben wollten sie anfangen, da war der Spuk schon vorbei...

Zufrieden ging man zurück zur „Mary D."

An Bord angekommen, traf man sich noch Achterkante Aufbauten auf dem Hauptdeck am Schott der Kombüse auf ein Bier. Auch der Matrose auf Nachtwache gesellte sich dazu. Thema war das Abenteuer mit den drei Strolchen. Natürlich wollte man wissen, woher der Koch seine brilliante Kampftechnik hatte... Die Antwort verblüffte alle. Der Koch war nämlich „Sparring-Partner" von Karl Mildenberger gewesen...

Karl Mildenberger war der beste Schwergewichtsboxer Deutschlands. Er kämpfte 1966 gegen den Ausnahme-Boxer Cassius Clay, alias Muhammad Ali. Der Kampf ging über 12 Runden und Mildenberger verlor knapp nach Punkten.

15.   Segel-Peter und Konsorten

Spanien war noch nicht der Europäischen Union beigetreten und alles noch etwas komplizierter als heute. In der großen Stadt Las Palmas auf der Insel im Atlantik mit dem in aller Welt bekannten Hafen, hatten sich im Laufe der Zeit so einige Deutsche eingefunden. Die meisten waren Rentner, die hier in der Wärme ihre alten Knochen aufwärmten. Darunter gab es zwei verschiedene Gruppen. Die Einen hatten alle ihre Brücken hinter sich abgebrochen und lebten hier mehr oder weniger gut integriert zwischen den Einheimischen. Die andere Gruppe kam nur über den Winter, um dem kalten Wetter in Deutschland zu entkommen. Unter Insidern wurden sie „Die Zugvögel" genannt.

Auch lebten hier natürlich jede Menge relativ „normale" Menschen. Von denen hatte einige Grund genug sich zu Hause nicht mehr blicken zu lassen. Es handelte sich um Aussteiger aller Couleur, Späthippies, die sich mühsam durchs Leben schlugen, vor ihren Unterhaltsverpflichtungen davongelaufene Väter und auch so mancher, dem die Widrigkeiten des Lebens schon einmal gesiebte Luft verschafft hatten …

Außerdem gab es noch eine erkleckliche Anzahl von Deutschen, die als selbstständige Geschäftsleute oder Angestellte auf der Insel ihr tägliches Brot verdienten. Allen war gemein, dass sie nicht in den touristischen Gebieten im Süden lebten. Einer brachte es einmal mit der Bemerkung auf den Punkt: „Das ist doch Castrop-Rauxel in der Wüste…"

Im Süden war auch der Anteil der Halunken und Ganoven unter den Deutschen wesentlich höher – kein Wunder, bei der großen Anzahl von potentiellen Opfern.

Das reichte von Geschäftsleuten mit zweifelhaftem Ruf wie „Time Sharern", die arglosen „Touris" Anteile an Hotels und Apartments andrehten und „Deckenfahrern", die Touristen auf Kaffeefahrten übervorteilten, bis hin zu Immobilienagenten, die gutgläubigen Aussteigern gern Kneipen in schlechter Lage oder Wohnungen zu horrenden Mieten vermittelten. Einer dieser Strolche hatte es geschafft, eine Kneipe in einem Jahr fünf Mal an unbedarfte Landsleute zu vermitteln. Gut, er wirkte sehr seriös, trat bei jeder Hitze im Maßanzug auf, verfügte über hervorragende Manieren, handelte aber vollkommen skrupellos.

Den Vogel schoss allerdings die Honorarkonsulin eines afrikanischen Staates ab, eine Deutsche, die unter anderem, einem spanischen „Conde" (Adligen), eine Million Dollar abgeschwatzt hatte... Als die Gläubiger ihr zu sehr auf den Pelz rückten, setzte sie sich ab. Wie man hörte, soll sie zuletzt in Saudi-Arabien gesehen worden sein. Ihr „Fast-Schwiegersohn" machte dem Vernehmen nach auch noch richtig Karriere als Titelhändler. Er ließ sich von einer älteren Gräfin adoptieren, kaufte sich zusätzlich einen Doktortitel und vermittelte seither an der spanischen Costa Brava wohlhabenden Interessenten Doktor- und Professorentitel aus aller Welt.

Die deutsche Szene tummelte sich in den verschiedenen deutschen Kneipen. In der Regel wanderten die Gäste von einer Kneipe zu anderen, während die wenigen deutschen Urlauber, die sich hierher verirrten, im Allgemeinen ortsfest in einer Kneipe blieben.

Unter den einheimischen Deutschen gehörte das „Du" zum guten Ton. Man kannte sich eigentlich nur mit Vornamen. Um dennoch den Einen von dem Anderen mit dem gleichen Vornamen unterscheiden zu können, bekamen alle einen weiteren Namen angehängt. Das konnte eine persönliche Eigenschaft sein, eine Berufsbezeichnung oder sonst eine Auffälligkeit.

So gab es drei verschiedene Herberts. Da war zunächst der „kleine Herbert", ein etwas klein gewachsener Rentner, dann der „dicke Herbert", eigentlich ein Baggerfahrer, der von einem Verwandten eine Million Mark geerbt, aber die Bezahlung der Erbschaftssteuer „vergessen" hatte und „Herbert der Chief", ein pensionierter Leiter der Maschinenanlage auf Schiffen der „Afrika-Linien".

Eines Tages tauchte ein Peter auf. Es trieb aber schon ein anderer Peter in Las Palmas sein Wesen, genannt „Lehrer-Peter". Der gab sich als Lehrer aus, war aber eigentlich ein entlassener Polizist und hatte außerdem noch ausstehende Alimente am Hals. Lehrer-Peter hielt sich mit Deutschunterricht für Ausländer über Wasser und machte alle möglichen kleineren Jobs. Immer freundlich und durstig, war er recht beliebt.

Der neue Peter gewöhnte sich schnell ein. Er war offensichtlich nicht gerade arm und gab schon ab und an einen aus – zur Freude der Wirte und Gäste. Mitunter erzählte er von seiner Segeljacht und von seiner Absicht eine Kneipe zu übernehmen. Und schon hatte er seinen Spitznamen weg: „Segel-Peter".

Die Zeit verging. Segel-Peter mietete sich ein Apartment in einem Haus mit vielen deutschen Mietern und gehörte zum festen Kundenstamm in den Kneipen, bis er eines Tages eine seit Jahren geschlossene Kneipe wieder aufmachte. Er stellte natürlich auch einen Angestellten ein. Gerüchten zu Folge, bezahlte er eine horrende Pacht. Manche munkelten, die Kneipe gehöre dem Mitglied einer bekannten Bande von Halunken.

Als Wirt war er nicht gerade eine Leuchte. Statt in seiner Kneipe die Stellung zu halten, trieb er sich lieber bei den Kollegen herum.

Es kam wie es kommen musste, und Segel-Peter machte die Kneipe wieder zu. Er war aber nicht sonderlich unglücklich darüber, sondern setzte sein Leben fort wie gehabt. Den Wirten war es recht. Segel-Peter gab immer noch von Zeit zu Zeit einen aus, als hätte er zu Hause einen Goldesel. Und immer noch erzählte er von seinem Segelschiff und dass er sein Schiff hier verchartern wollte. Inzwischen hatte er auch eine einheimische Freundin aufgegabelt, mit der er zusammen lebte. Die Gerüchteküche wollte wissen, dass die junge Frau Verbindungen zu Drogendealern hätte.

Und dann war es doch so weit. Segel-Peter strahlte, sein Schiff war angekommen. Und mit dem Schiff tauchten noch zwei weitere Deutsche auf, Klaus und Horst. Segel-Peter stellte sie als seine Partner vor. Klaus gab den viel beschäftigten Geschäftsmann. Horst war ein kleiner Angestellter in einer mittleren Firma und hatte gerade seinen Urlaub genommen.

Das Trio war erst einmal beschäftigt. Das Schiff war auf einem besonderen Container, einem „Flat" mit einem Frachter gekommen. Also mussten erst einmal die Formalitäten erledigt werden. Der Zoll interessierte sich für die Jacht, ein Liegeplatz im Jachthafen musste besorgt und natürlich musste ein Kran organisiert und das Schiff vom Flat in das Wasser gesetzt werden. Zu guter Letzt musste das Schiffchen auch aufgetakelt werden. Das heißt, der Mast musste aufgestellt und die Wanten und Stagen befestigt werden. Bei den Wanten handelt es sich um Drähte, die den Mast seitlich und bei den Stagen um Drähte, die ihn nach vorn und hinten abstützen.

Es war eine schöne, solide Jacht, so an die 16 Meter lang und mit einem kräftigen Motor. Die Drei verholten sie zum Jachthafen, wo sie einen Liegeplatz ergattert hatten und dann verschwanden Klaus und Horst wieder. Natürlich machten sie zum Abschied noch einen Rundgang durch die Gemeinde, das heißt sie zogen am letzten Abend noch einmal durch die verschiedenen Kneipen. Rolf erzählte von seinem florierenden Autohaus. Er hatte in Las Palmas auch einen spanischen Autohändler angesprochen, mit dem er Geschäfte machen wollte – Autos nach Afrika verschiffen.

Am nächsten Tag flogen die beiden Herren zurück nach Deutschland und Segel-Peter blieb mit dem Schiff zurück. Er verschwand erst einmal aus Las Palmas und überführte die Jacht nach Puerto Rico in den Süden von Gran Canaria, weil er sich dort mehr Möglichkeiten erhoffte, das Schiff zu verchartern.

Das Leben in Las Palmas ging weiter.

Hans, der Holzwurm, verlor unversehens seine spanische Freundin. Sie war aufgeflogen und saß im Gefängnis im „Barranco Secco", denn vor Jahren hatte sie als kleines Licht bei der ETA, der Baskischen Terrororganisation, eine Rolle gespielt und hatte noch zwei Jahre gesicherten Aufenthalt unter staatlicher Aufsicht offen. Als aber Hans sie kurz darauf im Knast heiratete, wurde ihr der Rest der Strafe erlassen.

Irgendwann tauchte Segel-Peter wieder in Las Palmas auf. Er erzählte tolle Geschichten von seinem Boot im Süden und wie gut die Vercharterung liefe. Er brüstete sich mit prominenten Kunden. So hätte der Kronprinz von Marrokko sein Schiff für eine Ausfahrt gechartert. Alles hätte dessen Sekretär organisiert. Er schwärmte noch immer von dem tollen Buffet, das die Herren auffahren ließen. Und ordentlich bezahlt wurde er auch. Außerdem wollte er wieder eine Kneipe aufmachen.

Der eine oder andere Zuhörer machte sich so seine Gedanken, aber Segel-Peter erzählte so interessant und unterhaltsam. Im Übrigen logen die meisten Gäste sowieso, dass sich die Balken bogen. Man war es gewohnt und entsprechend nachsichtig. Die Monate vergingen.

Eines Tages war es so weit. Segel-Peter hatte wieder eine Kneipe aufgemacht. Das Schiff hatte er im Süden liegen lassen. Damit ihm die Arbeit nicht über den Kopf wuchs, hatte er wieder Angestellte eingestellt. Die Kneipe ging schlecht. Selten verirrte sich ein Deutscher zu ihm und die Einheimischen erschienen auch nicht sehr zahlreich. Allerdings hatte er eine Gruppe von Spaniern unter seinen Kunden, die sich etwas merkwürdig verhielten. Sie kamen zwei Mal in der Woche zu ihm zum Essen und brachten ihren eigenen Koch gleich mit.

Insgesamt ging es Segel-Peter aber nicht gut. Wer ihn abends noch in seiner Kneipe antraf, fand einen völlig Betrunkenen vor, beziehungsweise total „high", voller Rauschgift, vermutlich Kokain.

Und dann kam es wie es kommen musste. Eines Abends lag Segel-Peter tot im brennenden Apartment. Der Fernseher soll gebrannt haben und das Feuer auf die Einrichtung übergegriffen und durch einen Spalt in der Tür zum Balkon dort gelagerten Müll entzündet haben. Dies fiel den Nachbarn auf, die ihrerseits die Feuerwehr riefen.

Segel-Peter wurde reglos im Bett liegend angetroffen. Sofort eingeleitete Wiederbelebungsmaßnahmen waren erfolglos.

Segel-Peter war kurz vorher noch von den Gästen der kleinen Kneipe „Lady Ann" im Erdgeschoss gesehen worden, als er sich ziemlich abgefüllt zum Aufzug durchkämpfte.

Damit wäre das Kapitel Segel-Peter eigentlich abgeschlossen gewesen, wenn die Umstände nicht etwas merkwürdig gewesen wären. So berichtete die Wirtin der „Lady Ann" im ersten Schock, dass dem betrunkenen Segel-Peter zwei bekannte Mitglieder der örtlichen Drogen-Gang gefolgt wären. Einige Zeit später hätten die beiden Typen das Haus auch wieder verlassen – natürlich ohne Segel-Peter.

An dem betreffenden Abend war nicht viel los und von ihrem Tresen aus konnte die Wirtin das Kommen und Gehen im Eingangsbereich beobachten, denn ihre Kneipe lag am Haupteingang des Apartmenthauses. Die Tür des Ladens stand wegen der vorherrschenden Hitze sowieso immer sperrangelweit offen.

Der Verdacht lag auf der Hand, dass die Herrschaften etwas nachgeholfen hatten. Einer der Gäste, ein Canario, hatte einen guten Freund bei der Polizei und betrieb einige Nachforschungen. Danach hatte man den verstorbenen Segel-Peter im brennenden Apartment aufgefunden und die Leiche seziert. Als man aber Rauchgas in der Lunge feststellte, hätte man auf Unfall als Todesursache entschieden. Außerdem handelte es sich um einen Ausländer, da gäbe man sich nicht viel Mühe…

Segel-Peter wurde bestattet. Aber die Gerüchte wollten nicht verstummen, dass er irgendwie mit der lokalen Kokain-Mafia in Streit geraten war. Auch seine Lebensgefährtin kam in ein schiefes Licht, sie sollte auch zu dieser Bande gehören…

Nach einigen Wochen erschien der Besitzer der Jacht, verholte sie nach Las Palmas und verkaufte sie an Deutsche. Dabei kamen noch ein paar Merkwürdigkeiten ans Licht. Die erste war die Tatsache, dass die Jacht gar nicht auf den Namen des Besitzers eingetragen war, sondern auf den Namen seines Partners. Auch das florierende Autohaus in der Gegend von Bremen entpuppte sich als eine Anstellung in einem Autohaus…

Bekannte und Käufer wunderten sich, woher wohl das Geld für das teure Schiff gekommen war und warum man es dann noch unter falschem Namen gesegelt hatte.

Die Frau des Käufers brachte es mit einem Wort auf den Punkt: „Drogengeschäfte…"

16.   Ein unglückliches Schiff

Die Brandenburg war ein kleines Frachtschiff, 110 m lang, 15 m breit mit einem Tiefgang von 6,5 m. Gebaut 1951 bei der Firma „Lübecker Maschinenbau" mit einer Vermessung von gerade 2.695 BRT und 31 Mann Besatzung. Als erstes von sechs baugleichen Schiffen bediente es mit den anderen fünf Schiffen die Linie Europa – Westindien der Reederei HAPAG. Die Reederei HAPAG, bei Insidern als „Gottes eigene Reederei" bekannt, hatte unter Seeleuten einen guten Ruf. Die Fama berichtet auch, dass so mancher pensionierte Fahrensmann, der sein ganzes Berufsleben bei dieser Reederei verbracht hatte und davon gab es etliche, wenn es dann so weit war mit der letzten Reise, sich mit der Kontor Flagge der HAPAG bestatten ließ.

Doch zurück zur Brandenburg. Im Laufe der Jahre war sie öfter in traurige Ereignisse verwickelt oder auch der Schauplatz derselben. Es ist schon merkwürdig, dass immer wieder ein einzelnes Schiff aus einer Baureihe in Unfälle und ähnliches verwickelt war, die anderen Schiffen nicht passierten…

Am 21. September 1957 geriet die Viermastbark „Pamir" in Seenot und die Brandenburg war mit 320 Seemeilen Abstand relativ nah an dem Unglücksort. Eine Verkettung unglücklicher Umstände und menschliches Versagen führte dazu, dass die Brandenburg keinen Versuch machte, den Unglücksort zu erreichen. Zum einen war es die Erkrankung des Kapitäns, der 4 Tage später in Horta auf den Azoren wegen Blinddarmentzündung operiert wurde und zum anderen wurde der Notruf, der auf der Brandenburg vom Funker aufgenommen wurde, weder dem 1.Offizier noch dem Kaptän mitgeteilt. Die Schiffsleitung erfuhr erst zwei Tage später von dem Unglück in ihrer relativen Nähe über die „Deutsche Welle" Die „Deutsche Welle" war ein Radioprogramm, das über Kurzwelle ausgestrahlt wurde.

Jahre später, 1960/61 verirrte sich der legendäre „Tankstellenmörder" auf die Brandenburg und fuhr unerkannt von Hamburg nach Westindien und zurück. Er fiel auch nicht weiter auf und benahm völlig normal – ja man schätzte ihn als einen angenehmen Kollegen.

Für die Presse war es damals ein gefundenes Fressen.

Die Tragik klebte an der Brandenburg wie Seperatorenschlamm. So wurde in den 60er Jahren in Puntarenas, Westküste Costa Rica, ein Maschinist der Brandenburg an Land von einem Gangster ermordet.

Der tragische Höhepunkt war allerdings ein Mordfall, der sich 1969/1970 ereignete, als ein Assistent aus der Maschine seiner Freundin, einer Stewardess, die Kehle mit einem großen Messer aufschlitzte. Das Blut spritzte aus der Halsschlagader und wie der blutverschmierte Gang nahe legte, machte die tödlich verwundete Frau noch einige Schritte auf ihren Mörder zu, bevor sie das Bewusstsein verlor, vornüber fiel und in einer Blutlache liegen blieb. Die Leiche wurde von ihrer Kollegin gefunden. Das Blut war schon etwas angetrocknet.

Die beiden Frauen hatten noch am vorhergehenden Abend in der Kammer des 3.Ing. Geburtstag gefeiert. Der Freund der Getöteten und der Lebensgefährte der anderen Stewardess, der 1.Steward, waren auch mit von der Partie. Der Alkohol floss in Strömen, der „Tango-Diesel", ein legendärer Cassettenrecorder der Firma Phillips, machte Musik und die Stimmung war großartig.

Gegen 20 Minuten vor acht verabschiedete sich der Assistent, der Freund des späteren Opfers, er musste schließlich um 20 Uhr den Kollegen in der Maschine ablösen. Seine Freundin aber wollte noch bleiben, denn es war so schön. Die Fete hatte gerade begonnen und der Storekeeper, ein älterer Seemann, erzählte Geschichten aus der Vorkriegszeit, von den alten Dampfern auf denen er in jungen Jahren gefahren hatte. Außerdem war ihre Kollegin mit ihrem Lebensgefährten auch noch da… Kein Grund also, sich aufzuregen… Der Assi zottelte also ab. Die Party ging ohne ihn weiter.

Um Mitternacht wurde der Freund der Ermordeten in der Maschine abgelöst. Er ging dann anscheinend in die Party-Kammer. Dort herrschte noch immer „Halli-Galli". Alle waren mehr oder weniger „blau" und die Stimmung bestens… Die beiden Frauen hatten sich allerdings etwas zurück gehalten und waren noch einigermaßen klar.

Der Assistent, der in der Maschine Dienst gehabt hatte, schaute nur kurz durch die offene Tür. Seine Freundin sah ihn, setzte ihr Glas ab und versuchte hinter ihm her zu laufen. Allerdings stolperte sie über einen betrunkenen Seemann, der es sich in der engen Kammer auf dem Fußboden bequem gemacht hatte und seinen Rausch ausschlief...

Wie man später feststellte, musste der Freund der Verstorbenen zur Kombüse auf dem gleichen Deck gelaufen sein, sich ein großes Messer gegriffen haben und damit in Richtung „Party-Kammer" gerannt sein. Unterwegs kam ihm seine Freundin entgegen und er hat wohl sofort mit dem Messer zugestochen. Das Blut spritze aus der Halsschlagader und wie der blutverschmierte Gang nahelegte, machte die tödlich verwundete Frau noch einige Schritte auf ihren Mörder zu, bevor sie das Bewusstsein verlor, vornüber fiel und in einer Blutlache liegen blieb. In den umliegenden Kammern hatte niemand etwas gehört.

So einige Stunden später fiel der anderen Stewardess die Abwesenheit ihrer Kollegin auf und sie machte sich auf den Weg um nachzusehen, ob sie gut zu Hause angekommen war, denn die beiden Frauen teilten sich eine Kammer.

Aber so weit kam sie gar nicht. Als sie im backbord Gang um die Ecke bog, sah sie die Bescherung. Sie war schlagartig stocknüchtern. Sie sah, dass hier jede Hilfe zu spät kam, drehte sich um und stieg die Treppen hinauf auf die Brücke. Es muss so gegen fünf Uhr gewesen sein, denn der 1.Offizier hatte die Wache schon übernommen und war gerade dabei, die „Sterne zu schießen". Es war also die Zeit der „bürgerlichen Dämmerung", der Zeitraum zwischen Tag und Nacht, während dessen die Sterne als auch die Kimm zu sehen sind und mit dem Sextanten der Winkel zwischen Stern und Horizont gemessen werden kann.

Bei dem Anblick der verstörten Frau legte er sofort den Sextanten in seine Holzkiste und fasste sie am Arm. Stotternd berichtete die Stewardess von ihrem Fund. Stante pede griff der

Erste zu dem altertümlichen Telefon mit der Kurbel, rief den „Alten" an und unterrichtete ihn über den Sachverhalt. Es dauerte keine drei Minuten und der Kaptän stand auf der Brücke. Offensichtlich hatte er nur kurz den Parka über das Nachthemd geworfen.

Und dann ging es Schlag auf Schlag. Der Wachgänger, ein Matrose, erhielt den Auftrag den Scheich (Bootsmann) zu wecken und der Erste rannte nach unten, um sich ein Bild von der Lage zu machen. Unterwegs traf er einen „Tagelöhner", einen Matrosen der nicht zum Wachdienst eingeteilt war, nahm ihn mit und stellte ihn bei der Leiche auf, damit niemand den Tatort veränderte.

Zurück auf der Brücke erstattete er dem Kaptän Bericht. Inzwischen war auch der „Chief", der Leiter der Maschinenanlage, auf der Brücke und die drei Herren bildeten auf Vorschlag des Kaptäns den „Schiffsrat". Man beratschlagte das weitere Vorgehen.

Der Tatort war erst einmal gesichert. Die Reederei und die Polizei an Land mussten unterrichtet werden. Der mögliche Mörder, der Lebensgefährte des Opfers, musste dingfest gemacht und bewacht werden. Dies alles wurde beschlossen und ins Tagebuch eingetragen. Verständlicherweise legte man von Seiten der Schiffsleitung großen Wert auf die Einhaltung der Formalitäten, denn das Schiff schwamm mitten im Atlantik, fern jeder staatlichen Einrichtung.

Der Mörder war schnell gefunden, es war ihr Freund, der die Frau in einem Anfall von rasender Eifersucht ermordet hatte. Die Kollegen fanden ihn sturzbetrunken, hilflos weinend am Tisch in seiner Kammer, die er mit einem Kollegen teilte. Sein Kammerkollege hatte die 4-8 Wache und hatte sich morgens um 04 Uhr nur gewundert, weshalb er nicht in seiner Koje lag und schlief.

Man schaffte den Assistenten ins „Hospital", eine Kammer ohne Fenster, die für Fälle schwerer Krankheit, beziehungsweise Opfer von Unfällen auf See vorgesehen war. Die Tür wurde auf den Haken, das heißt, einen breiten Spalt weit offen stehend, abgeschlossen und ein Mitglied der Besatzung davor als

Wächter abgestellt. Vorher war die Kammer noch nach gefährlichen Gegenständen durchsucht worden, damit der Täter sich nichts antun konnte.

Der Funker schickte im Auftrag des Kaptäns über „Nordeichradio" ein ausführliches Telegramm an die Reederei, mit einem Bericht über die Ereignisse und der Bitte Polizei und Staatsanwaltschaft zu informieren. Allerdings waren Sprechfunk und Telex damals über Kurzwelle nicht möglich – schon gar nicht mit der alten Anlage auf der Brandenburg. Das heißt der Funker musste den Text per „Tastenfunk" morsen.

Nach etlichen Telegrammen mit Reederei, Polizei und Staatsanwaltschaft einigte man sich mit den Herrschaften an Land über das weitere Procedere. Wegen der großen Entfernung zum nächsten Hafen beschloss man das Opfer im Rahmen einer Seebestattung feierlich der See zu übergeben, natürlich nicht ohne den Tatort und die Ereignisse ausführlich zu dokumentieren. Der Tatort und die Leiche wurden ausführlich fotografiert, die Aussagen der Besatzungsmitglieder aufgenommen und von den Betreffenden unterschrieben. Der Funker, der mit dieser Aufgabe betraut war, kam ordentlich ins Schwitzen. Vor lauter Aufregung vergaß er sogar sein tägliches Glas Whiskey zum Kaffee nachmittags um Drei.

Die Leiche und der Tatort wurden von dem Blut gereinigt. Nachdem sich die Leichenstarre gelöst hatte, wurde die Verstorbene auf einer vom Zimmermann aus zwei hölzernen Böcken und einer großen Sperrholzplatte improvisierten Bahre an Deck Achterkante Aufbauten aufgebahrt und von zwei Matrosen in Segeltuch eingenäht. Die Matrosen hatten zwei Segeltuchbahnen, je 2 ½ m lang zusammen genäht, da eine Bahn mit einer Breite von 90 cm zu schmal war um den Körper zu bedecken. Der 1.Steward hatte auf Anweisung des Kaptäns noch eine große weiße Tischdecke aus dem Salon gestiftet, die auf der Sperrholzplatte ausgebreitet wurde und dem Ganzen einen etwas feierlicheren Anstrich verlieh. Außerdem drapierte man einige Kunstblumen aus dem Salon des Kaptäns auf der improvisierten Bahre. Zu Füßen der Verstorbenen wurde ein großes gusseisernes Ventil, ein sogenannter „Schieber", Schrott aus der Maschine, als Gewicht mit eingenäht, damit die Leiche auch zügig untergehen konnte. Den Kopf und das Gesicht ließ man erst noch frei. Die klaffende Wunde am Hals hatte man mit einem seidenen Schal verdeckt.

Das Gesicht der Verstorbenen hatte einen friedlichen Ausdruck, von dem ursprünglichen Schrecken, der die Gesichtszüge so verzerrt hatte, war nichts mehr geblieben.

Inzwischen war die Sonne untergegangen und die Nacht hereingebrochen. Die See war ruhig und die Wettervorhersage günstig. Das Schiff bewegte sich sanft in der flachen Nordwestlichen Dünung, als wollte Rasmus die Verstorbene nicht weiter stören, und so beschloss der Kaptän, die Seebestattung am nächsten Morgen in einem feierlichen Akt durchzuführen. Aus Pietät ließ er die ganze Nacht zwei Matrosen bei der Leiche Wache halten.

Am nächsten Morgen versammelten sich die wachfreien Mitglieder der Besatzung an der Bahre Achterkante Aufbauten, an Deck. Jeder konnte noch einen Blick auf die Züge der Verstorbenen werfen, bevor die beiden Matrosen nun auch den Kopf und das Gesicht in das Segeltuch einnähten. Über die Leiche wurde noch zusätzlich eine Kontor Flagge der Reederei gebreitet, die den feierlichen Anschein noch verstärkte. Der Alte hielt eine bewegende Rede und beendete sie mit einem Gebet, einem „Vater unser…". Die Kollegin der Verstorbenen weinte bitterlich und auch der eine oder andere der Janmaaten hatte feuchte Augen.

Mit dem Ende der Zeremonie traten sechs Mann, auf jeder Seite drei, an die Bahre, fassten zu und bewegten sich gemessenen Schrittes mit der improvisierten Bahre an die Verschanzung. Dort ließen sie die Verstorbene langsam über Bord gleiten. Das Wasser spritzte etwas auf und der Leichnam verschwand zügig mit den Füßen voraus in den Fluten.

Auf der Brücke ließ der wachhabende Offizier das Typhon drei Mal tuten und drehte mit dem Schiff einen Vollkreis um die Stelle, an der die Ermordete ihre letzte Ruhe gefunden hatte.

Die Besatzung sammelte sich in der Mannschafts-Messe

und der Kaptän ließ den 1.Steward noch zwei Kisten Bier holen. Man war sich einig, die Seebestattung war eine würdige, dem Anlass angemessene Veranstaltung. Nach einer Weile ging man auseinander, jeder an seinen Arbeitsplatz.

Auf der Brücke notierte der Kaptän den Ort nach Länge und Breite und den Zeitpunkt der Seebestattung im Tagebuch. Der Mörder verhielt sich ruhig und wurde im nächsten Hafen von der Polizei abgeholt.

Es gab aber noch ein Nachspiel. Etwa zwei bis drei Jahre später verhielt sich ein Reiniger aus der Maschine auf einem der eben aufkommenden Containerschiffe in der Ostasienfahrt etwas merkwürdig. Der Suez-Kanal war durch die Wracks aus dem letzten Israelisch-Ägyptischen Krieg noch blockiert, und die Schiffe fuhren rund um Afrika. Auf diesem neuen Schiffstyp fühlte sich sowieso kein Janmaat wohl, insofern fiel er nicht weiter auf.

Der Funker machte gute Umsätze, denn er verwaltete die Kantine. So mancher zog sich am Wochenende ein „Gedeck" rein, bestehend aus einer Flasche Schnaps der Marke „Drei Stern", in Fachkreisen „Matrosentod" genannt und einer Kiste Bier, natürlich „Holsten", denn man fuhr ja auf einem Schiff mit Heimathafen Hamburg. Es war unglaublich, was manche der Herren vertragen konnten. Der eine oder andere soff sich im Laufe der Nacht wieder nüchtern…

Der besagte Reiniger fiel dadurch auf, dass er zu vorgerückter Stunde zu weinen begann und wilde Geschichten erzählte, seinen Tango-Diesel auf den Fußboden warf und unvermittelt einschlief… Im Prinzip war man ein solches Verhalten gewohnt. So mancher Seefahrer, dem zum Beispiel die Frau davon gelaufen war, bekam zu später Stunde das „heulende Elend". In so einem Fall zeigten die Kollegen Verständnis, stießen mit ihm auf das Verhängnis an und am nächsten Tag war alles wieder normal…

Nicht so bei dem besagten Reiniger. Er faselte davon, dass er sich umbringen wollte und dass er seine Frau auf See den Hals durchgeschnitten hätte. Als er dann aber noch seinen geliebten „Tango-Diesel" durch das offene Bulley außenbords beförderte und anfing seinen Seesack zu packen, wurden die Kollegen misstrauisch. Einer informierte den Wachhabenden Offizier auf der Brücke und die anderen stellten das Trinken ein und bewachten den Kameraden. Glücklicherweise war man nur zwei Tage von Honkong entfernt. Der Alte telefonierte mit der Reederei und ein zugezogener „Seelenklempner" empfahl den Mann unter Aufsicht zu stellen und so schnell wie möglich nach Deutschland zu bringen. Zwei Tage später wurde der Reiniger in Honkong von kräftigen Sanitätern abgeholt und wie man an Bord erfuhr, mit dem Flugzeug nach Deutschland gebracht.

Die Reise ging weiter und so mancher fragte sich im Stillen, handelte es sich bei dem Kollegen vielleicht wirklich um den Mörder auf der Brandenburg…?

Als wenn das Maß an Unglück für die Brandenburg noch nicht voll war, soff das Schiff im Englischen Kanal auch noch ab. Am 11. Januar1971 kollidierte im Südausgang der Straße von Dover in dichtem Nebel der unter der Flagge von Panama fahrende Tanker „Texaco Caribbean" mit dem unter der Flagge von Peru fahrenden Frachter „Paracas". Infolge dieser Kollision explodierte der Tanker, brach in zwei Hälften und sank. Ursächlich für den Unfall war die Tatsache, dass der Frachter „Paracas" sich nicht an die Rechtsverkehr-Empfehlung der Internationalen Seeschifffahrts-Organisation gehalten hatte. Außerdem versäumten die englischen Behörden die Wrackteile mit Tonnen zu markieren. Das Achterschiff des Tankers „Texaco Caribbean" muss noch teilweise aufgeschwommen sein.

Am 12. Januar, kurz vor 06 Uhr morgens, fuhr die Brandenburg auf eines der Wrackteile, vermutlich das Achterschiff, auf. Durch den Aufprall wurde der Rumpf der Brandenburg aufgerissen. Die Nachrichten über die Folgen waren unterschiedlich. Die einen sprachen von einem Loch von 6 x 18 Meter, andere berichteten von drei großen Löchern. Auf jeden Fall kränkte das Schiff einmal nach Backbord, anschließend noch nach Steuerbord und sank in wenigen Minuten. Anscheinend, nach Berichten der Überlebenden, sind zahlreiche Besatzungsmitglieder aus dem sinkenden Wrack entkommen und erst in dem kalten Wasser an Unterkühlung gestorben. Kurz vor sechs Uhr morgens war in der Regel schon der größte Teil der Besatzungsmitglieder munter, denn um diese Zeit nahmen viele ihren Dienst auf. So Koch und Kochsmaat, die wachfreien Matrosen, auf See war in der Regel jede Wache nur mit einem Matrosen besetzt, desgleichen im Maschinenraum, wo Reiniger und Storekeeper um sechs ihr Tagewerk begannen. Das galt auch für die Stewardessen / Stewards, Bootsmann, Zimmermann und Jungzimmermann. Auch der Elektriker gehörte dazu… Insgesamt kostete der Untergang 20 Seeleuten das Leben von denen aber nur sieben Leichen geborgen werden konnten.

Trotz dem überraschenden Verlauf und der Schnelligkeit von Kollision und Untergang kam es nicht zu einer Panik, im Gegenteil. Der Elektriker berichtete, dass er noch nach der Kollision in die Kammer eines Reinigers gegangen war, ihn in seiner Koje gerüttelt und mit den Worten, „Steh auf, wir saufen ab…" geweckt hatte. Der aber drehte sich mit der Bemerkung „Du spinnst…" zur Wand hin. Daraufhin sah der Elektriker zu, dass er an Deck kam, denn inzwischen war auch das Licht ausgegangen. Er erreichte gerade noch das Außenschott, an Deck stand das Wasser schon knietief und der Dampfer soff unter seinen Füßen ab.

Später erzählte er, dass der Reiniger am Abend vorher mit anderen feste Geburtstag gefeiert hatte und gegen Mitternacht gesehen wurde, wie auf allen Vieren seiner Kammer zustrebte.

Wie es scheint, kamen noch viele Besatzungsmitglieder von dem absaufenden Wrack frei. Der Elektriker selbst hielt sich an einem vorbeitreibenden Lukendeckel, einer hölzernen Bohle, Teil der Lukenabdeckung fest.

Wie er berichtete waren die erstmal Davongekommen leicht euphorisch. So berichtete er, dass der Funker sich auf eine große Holzkiste aus der Ladung gerettet hatte. Er winkte dem Elektriker und anderen Überlebenden zu, machte noch einen

Scherz, um dann ganz plötzlich den Kopf auf das Holz sinken zu lassen. Er hatte auch nur ein T-shirt und eine kurze Hose an. Offensichtlich hatte er keine Zeit gehabt, irgendwelche warmen Klamotten anzuziehen und das im Januar bei einer Wassertemperatur von 5 Grad Celsius.

Wie man später feststellte, sind einige Überlebende erst auf den Fischerbooten gestorben. Man erklärte sich das so: Die Menschen trieben zum Teil stundenlang in dem kalten Wasser in mehr oder weniger waagrechter Lage. Das führte dazu, dass der Körper auf Notfall schaltete und das warme Blut nur noch in Kopf, Herz und Lunge konzentrierte. Wurden diese Menschen nun in senkrechter Lage an Bord eines Bootes gezogen, schoss das kalte Blut in die wärmeren Teile des Körpers und die Menschen starben. – gerettet und doch gestorben.

In der Folge erließ die SeeBG die Vorschrift, dass Schiffsbrüchige grundsätzlich waagrecht aus dem Wasser gehoben werden müssten und nicht in zu warme Räumlichkeiten verbracht werden dürften. Unter diesen Umständen dürften Überlebende, die längere Zeit im kalten Wasser getrieben haben, nur langsam erwärmt werden.

Einige der Überlebenden trafen sich später auf der MS Westfalia in der Ostasienfahrt. Es handelte sich um den 1.Offzier, den Koch und den Elektriker. So ganz spurlos war das Ganze nicht an ihnen vorüber gegangen – kein Wunder. Der Koch schlief grundsätzlich nicht in der Koje sondern auf der Bank. Auch der Elektriker war nach seinen Erzählungen noch immer innerlich aus der Spur – kein Wunder, er war erst nach 6 Stunden aus dem kalten Wasser gezogen worden.

Und der Erste, der hatte auch mächtig daran zu knabern… Die Fama berichtete später, dass er bei einem Taifun in Hongkong, als das Schiff vor zwei Ankern durch die Bucht trieb mit den Nerven ganz schön fertig war. Auch soll er den Unfall nur um einige Jahre überlebt haben.

17. Das Leben, ein Abenteuer

Es war alles normale Routine auf dem Frachter „Hugo Stinnes" der Reederei Stinnes. Man war eben dabei auf der Reede des sizilianischen Hafens Augusta vor Anker zu gehen. Der Alte, ein älterer, etwas cholerisch veranlagter, nicht zu großer Mann, hatte eben den Maschinentelegraphen auf „voll zurück" gestellt. Er hatte einen schönen Ankerplatz zwischen den anderen Ankerliegern ausgemacht und ging gerade in die Steuerbord-Nock um festzustellen, ob das Schiff schon Fahrt über den Achtersteven machte.

Vorne auf der Back, es handelte sich bei der „Hugo Stinnes" um ein klassisches „Drei-Insel-Schiff" bei dem die Aufbauten sich mittschiffs befanden und vorne die Back und achtern die Poop ein Deck über dem Hauptdeck lagen, stand der Zimmermann am Ankerspill. Ein Matrose hatte den „Ankerball", eine klappbare Konstruktion aus schwarzem Segeltuch und runden Stahlstäben, klar gemacht, um ihn nach dem Ende des Anker-Manövers mit einer Leine hochzuziehen, „zu setzen". Bei der Wechselsprechanlage stand der 2. Offizier und wartete auf Anweisungen von der Brücke.

Im Maschinenraum stand der 2. Ingenieur an der Backbord-Seite der Hauptmaschine, eines sechs Zylinder, zwei Takt Motors mit 3000 PS, am Fahrstand. Er hatte die Maschine eben auf rückwärts umgesteuert und mit dem großen Rad „hoch gefahren". Die Maschine lief ruhig, so vielleicht 90 Umdrehungen / die Minute.

Der Schmierer ging mit seiner großen Ölkanne von einer kleinen Schmierölpumpe zur anderen, die rund herum an der Maschine angebracht waren und verschiedene Stellen mit Schmieröl versorgten, und füllte die Vorratsbehälter auf.

Die beiden Reiniger schrubbten mit Stahlbesen die „Flurplatten" und der Storekeeper, der Vorarbeiter in der Maschine, checkte seine Ersatzteile. Der Ingenieur-Assistent war dabei die Betriebsstunden der verschiedenen Aggregate abzulesen und zu notieren. Insofern war alles Routine. Alle freuten sich auf einen schönen Landgang im Hafen von „Augusta".

In diesem Augenblick, der Alte stand gerade in der Steuerbord-Nock an der Verschanzung und blickte nach unten in das Schraubenwasser, krachte es gewaltig. Unversehens kam die Maschine auf Touren und das Schraubenwasser am Heck erstarb.

Der Alte brummelte: „So'n Shiet..", eilte in die Brücke, überrannte fast den leicht fassungslosen 3.Offizier, stellte den Maschinentelegrafen auf „stop", lief zur Wechselsprechanlage und gab den Befehl: „Fallen Anker, - 4 Schäkel zu Wasser…"

Prompt kam die Antwort des „Zweiten" von der Back: „Fallen Anker, 4 Schäkel zu Wasser…" Um Missverständnissen vorzubeugen, war es an Bord üblich, jede Anweisung zu wiederholen.

Der Rudergänger erhielt die Order: „Ruder mittschiffs…" und nach einem Blick auf die Uhr sagte der Alte trocken zum 3. Offizier: „Schreiben Sie in die Kladde: „14.12 Uhr Schraube verloren" für das Journal." (Schiffstagebuch)

Das Ganze war der Maschinenbesatzung nicht verborgen geblieben. Der scheppernde Krach und die hoch drehende Maschine hatten alle elektrisiert. Der 2.Ing. an seinem Steuerstand fuhr mit dem großen Rad die Maschine langsam herunter. Dem Schmierer war vor Schreck die große Ölkanne aus der Hand gefallen. Der Chief (Leiter der Maschinenanlage) eilte in rekordverdächtigem Tempo die Niedergänge (Treppen) im Maschinenraum hinunter. Er hatte gerade an Deck gestanden und etwas Luft geschnappt. Der Assistent und die beiden Reiniger sausten in den „Wellentunnel", um nachzusehen, ob irgendwelche sichtbaren Probleme aufgetreten waren. Im Wellentunnel verlief die dicke Welle von der Maschine bis zum Heck, auf deren Ende achtern unter dem Achtersteven die Schiffsschraube aufgesetzt war.

Auf der Back löste der Zimmermann auf die Anweisung „Fallen Anker" die Bremse der Ankerwinde und ließ die Kette kontrolliert ausrauschen. Der Matrose zeigte jeden Schäkel mit einem oder mehreren Schlägen mit dem Klöppel der der Schiffsglocke an. Beim ersten Schäkel gab es einen Schlag, beim Zweiten einen Doppelschlag, beim Dritten einen Einzel-

und einen Doppelschlag und beim vierten Schäkel zwei Doppelschläge.

Dazu muss man wissen, eine Ankerkette setzt sich aus 7 gleich langen Stücken – Ketten von einer Länge von 27 Meter Länge zusammen, die mit besonderen Kettengliedern (Schäkel) miteinander verbunden werden. Diese Verbindungsglieder, beziehungsweise die Enden der Ketten sind unterschiedlich markiert.

Der Zimmermann steckte also die Kette bis zum vierten Schäkel zu Wasser aus und zog die gewaltige Bremse fest. Der Matrose seinerseits zog noch den vor dem Spill liegenden Kettenstopper an, damit die Kraft der Kette nicht nur am Ankerspill angriff. Dann meldete der 2.Offizier über die Wechselsprechanlage auf die Brücke: „Anker aus, 4 Schäkel zu Wasser" und der Matrose zog den schwarzen Ankerball an der Leine hoch, das Zeichen für alle anderen Schiffe, hier liegt ein Schiff vor Anker…

Das war's erst mal. Der Funker versuchte eine Verbindung mit Norddeich-Radio nach Deutschland herzustellen, denn verständlicherweise wollte der Kapitän als Erstes die Reederei über ihr Missgeschick zu informieren.

An Deck trafen die Seeleute, angeführt von dem Bootsmann, ihre Vorbereitungen zum Festmachen. Die Festmacherleinen, zum Teil noch aus Manila, wurden vorn und achtern aus ihren Stauplätzen, vorn aus dem Kabelgatt und achtern aus festinstallierten Holzkästen auf der Poop an Deck geschafft. Die Leinen aus den Manilafasern waren bei den Seeleuten nicht sehr beliebt, weil sie bei Kontakt mit dem Wasser furchtbar steif wurden, im Gegensatz zu den Leinen aus Polypropylen.

Die Drähte für die Vor- und Achterspring mussten von ihren Stautrommeln abgetrommelt und die „Recker", dicke Taue aus Manila oder Nylon an das Auge des Drahtes mit einem Schäkel befestigt werden. Die „Recker" hatten die Aufgabe die Bewegungen des Schiffes bei einkommendem Schwell aufzufangen. Mit ihrer Fähigkeit, sich zu dehnen absorbierten die Recker die auftretenden Kräfte, während die Drähte in den Klüsen nicht durchscheuerten und durch ihren geringen ‚Reck' bei einem Bruch der Leine, im Gegensatz zu den Leinen aus Plastik oder Manila, die Enden nicht durch die Luft peitschten und die Menschen an Deck gefährdeten.

Inzwischen hatte der Alte (Kapitän) die Reederei erreicht und über ihr Missgeschick informiert. Man war übereingekommen, dass die „Hugo Stinnes" erst einmal wie vorgesehen, ihre Ladung Silbererz löschen sollte und Taucher den Schaden begutachten sollten.

Am späten Nachmittag erschien ein altes Holz Boot mit zwei Tauchern und dem benötigten Equipment. Von der Crew der „Hugo Stinnes" aufmerksam beobachtet, ließen sich die beiden Taucher rückwärts ins Wasser fallen. Nach kurzer Zeit tauchten sie wieder auf und kletterten auf das Holz Boot. Anscheinend hatten sie viel mitzuteilen, denn sie palaverten längere Zeit mit ihren Kollegen. Inzwischen nahm das Boot wieder Kurs auf den Hafen und fuhr zurück.

Später erreichte ein Anruf aus Deutschland den Kapitän. Darin berichtete der Inspektor, dass nach Auskunft der Taucher die Schraube noch auf der Schwanzwelle sitze. Sie sei auf der Schwanzwelle nach achtern gerutscht und hätte sich mit dem Ruderblatt verkeilt. Als Erstes kämen am nächsten Morgen drei Hafenschlepper, die das Schiff an die Pier bringen würden, damit die Ladung gelöscht werden könnte.

Am nächsten Morgen kamen aus dem Hafen Augusta drei Hafenschlepper zur „Hugo Stinnes" und das Lotsenboot. Zwei Schlepper machten am vorderen Steven, der Dritte am Heck fest. Der Lotse krabbelte die Lotsenleiter hinauf und begab sich von einem Matrosen begleitet auf die Brücke.

Man hievte den Anker auf, das heißt der Zimmermann hatte am Ankerspill die Kettennuss wieder eingekuppelt und hievte die Ankerkette auf. Die Kette verschwand im Kettenkasten. Auch jetzt wurden die auftauchenden Schäkel wieder mit Glockenschlag angezeigt. So wussten die Brückenbesatzung, in diesem Fall auch die Hafenschlepper wie viele Kettenlängen noch im Wasser lagen. Als der Anker „auf" war, wurde dies durch das Läuten mit der Schiffsglocke angezeigt.

Die beiden Schlepper am vorderen Steven towten an und

brachten zusammen mit dem Schlepper achtern die Hugo Stinnes an die Pier. Die Kräne an Land warteten schon…

Auf dem Weg zur Pier begannen die Seeleute die Luken aufzumachen. Die 3 Persennige wurden aufgerollt und mit den Lukendeckeln und den Scherstöcken an Deck gelagert. Die offenen Luken wurde gegen Regen mit einem „Lukenzelt" gesichert, denn die schweren Wolken und der aufkommende Wind ließ an Regenwetter denken.

Die Lukenzelte, für jede Luke eins, waren zeltartige Abdeckungen für die offenen Luken. In der Mitte der Konstruktion aus Persenning (Segeltuch) war ein Auge angebracht, in das der Ladehaken des Ladegeschirrs eingehakt wurde. An den vier Seiten wurde das „Lukenzelt" an dem Lukensüll angebunden mit dem Ladegeschirr angehoben. Es entstand eine „zeltartige" Konstruktion, die den Regen zuverlässig abhielt.

An der Pier angekommen, ging als erste die Vorspring an Land. Langsam zogen die Schlepper das Schiff voraus und der Matrose am Poller an dem hinteren Ende der Back legte schnell drei Törns des steifen Drahtes auf den Poller. Ein Kollege stand hinter ihm und half ihm den Draht zu bändigen… Da ertönte auch schon das Kommando des Kaptäns über den Lautsprecher von der Brücke: „Vorspring festhalten, aber nicht brechen lassen…"

Der Matrose am Draht legte noch einen Turn auf den Poller und gab gerade so viel Draht nach, dass der Dampfer an die Pier klappte, aber der Draht nicht brach. Es gehörte schon Einiges an Erfahrung dazu, das Schiff mit dem Draht so abzubremsen, ohne dass er brach…

Inzwischen hatte die „Achtergang", die Seeleute hinten am Heck die Achterspring ausgebracht und mit der Winde tight geholt und belegt. Damit war das Wichtigste erst einmal erledigt. In aller Ruhe konnten jetzt je drei Achter– und drei Vorleinen ausgebracht, durchgehievt und belegt werden.

Gemeinsam brachte man als Nächstes die Gangway aus, das heißt, sie musste aus ihrem Stauraum mittschiffs abgeklappt und auf die Pier gefiert werden. Dann wurden die fest installierten Handläufer in ihre Position als Geländer hochgeklappt und die Seile durch die „Augen" an den Stützen geführt. Nun musste nur noch der „Leichenfänger", ein Netz, zwischen Bordwand und Gangway angebracht werden und die Staatstreppe" war fertig. Jetzt konnten auch die Vertreter der örtlichen Behörden, Zoll, Polizei etc. und der Agent der Reederei an Bord gehen und das Schiff einklarieren.

Auffällig war natürlich, dass die Herren das Schiff nach getaner Arbeit mit prall gefüllten Aktentaschen verließen. Stangen von Zigaretten und volle Schnapsflaschen waren gern gesehene Präsente.

Die Behörden waren kaum von Bord, als die einheimischen Schauerleute die Gangway hinauf drängelten. Die Lukenzelte wurden entfernt und die Kräne an der Pier begannen, die Ladung mit großen Greifern zu löschen. Das Silbererz wurde in Eisenbahnwaggons verladen, die wiederum von einer mit Oel befeuerten Dampflok rangiert wurden.

An jeder der fünf Luken stand ein Kran mit einem Greifer. Unermüdlich schaufelten die Kräne das Erz in die Waggons. Der Betrieb lief 24 Stunden am Tag. Die Schauerleute arbeiteten in drei Schichten – rund um die Uhr. Nach einigen Tagen war der „Dampfer" leer.

In der Maschine war man auch nicht müßig, denn die Autoritäten in Hamburg hatten beschlossen, dass die „Hugo Stinnes" in Augusta repariert werden sollte. Allerdings war das einzige Dock an Land bis auf weiteres von einem größeren Schiff besetzt. Außerdem waren die Manager der Werft offensichtlich entschlossen mit astronomischen Gebühren für das Schwimmdock ihren Laden zu sanieren. Deshalb hatte man in Hamburg beschlossen, die Reparatur mit Bordmitteln, zwei Monteuren aus Hamburg und der Besatzung zu versuchen. Natürlich rauchten an Bord die Köpfe und der Funker hatte gut zu tun.

Das Problem war die Tatsache, dass das Schiff soweit getrimmt werden musste, dass sie Schwanzwelle mit der Schiffsschraube aus dem Wasser tauchte. Man sah verschiedene Möglichkeiten die Sache anzugehen. Als Erstes wurde der Treibstoff in den hinteren Doppelbodentanks in die vor den Aufbauten liegenden Tanks gepumpt. Die Ballasttanks hinter den Aufbauten wurden gelenzt. Die Ballasttanks vor den Aufbauten wurden geflutet.

Aber all diese Bemühungen waren nicht ausreichend. Die Schwanzwelle mit der verkeilten Schiffsschraube lag noch immer zur Hälfte im Wasser. Der „Schiffsrat", bestehend aus Kapitän, 1.Offizier und Chief (Leiter der Maschinenanlage) diskutierten die Lage. Man war besorgt, denn die Herren fürchteten, dass wenn Luke eins geflutet würde, mit dem Wasser in der Luke „freie Oberflächen" entstehen und die Stabilität des Schiffes negativ beeinflußt würde… Auf der anderen Seite war es aber unwahrscheinlich, dass das an der Pier liegende Schiff sich stark bewegen würde. Man beschloss, das Abenteuer zu wagen.

Damit war zunächst die „Decks-Gang" gefordert. Der Boden der Luke war nämlich mit dicken Holzbohlen, Bugdielen genannt, ausgelegt. Diese Bugdielen waren passgenau verlegt und schützten die Ladung vor dem „Schweißwasser", das sich auf der Tankdecke bilden konnte. Die ganze Konstruktion nannte man die „Wegerung". Aus dem gleichen Grunde hatte an den Seiten des Laderaums auf den Spanten mit Haken dicke Holzbretter, „Schweißlatten" genannt, angebracht. Salopp gesagt, handelte es sich bei den Spanten um die Rippen des Schiffsrumpfes, auf die man noch bei älteren Schiffen die Außenhaut genietet, sonst aber aufgeschweißt hatte.

Die Decksgang war „begeistert". Zuerst wurden die Bugdielen markiert und eine Skizze angefertigt, um sie später wieder exakt an der gleichen Stelle wieder verlegen zu können. Gesagt, getan – alles Holz wurde aus dem Laderaum entfernt und an Deck gestaut.

Auch die „Bilgen" mussten gereinigt werden. Die Bilgen waren schmale, verwinkelten Räume zwischen Bordwand und Doppelboden, die das Schweißwasser aufnahmen. Durch die Spanten waren die Bilgen in viele kleine Abschnitte geteilt. Erschwerend kam hinzu, dass in den Bilgen einige Rohrleitungen verlegt waren.

Da die Wegerung über den Bilgen schlecht verlegt worden

war, hatte das Silbererz einen Weg durch die Zwischenräume zwischen den Bohlen gefunden und war hineingerieselt – kurz, die Bilgen waren zu einem großen Teil voller Silbererz und mussten ausgeräumt werden. Die Decksgang war also beschäftigt.

Auch in der Maschine war man nicht untätig. Im Wellentunnel waren die Maschinisten dabei, die „Zwischenwelle", eine kurzer Abschnitt zwischen der vom Motor kommenden Antriebswelle und der Schwanzwelle, die durch das „Stevenrohr" führte und auf der normalerweise die Schraube saß, herauszulösen.

Man traf Vorbereitungen. Die Wellenteile waren mit Flanschen, dicken Bolzen und Muttern verschraubt. Weil die Schiffsschraube sich aber zwischen Schwanzwelle und Ruderblatt verkeilt hatte und noch zum Teil auf der Welle aufsaß, wollten die Verantwortlichen kein „grünes Licht" für die Arbeiten geben. Daher beschloss die Schiffsleitung die Arbeiten an der Welle abzubrechen und zu warten, bis das Stevenrohr mit der Schwanzwelle und der Schraube frei aus dem Wasser ragte…

Die Arbeiten in Luke I fanden am gleichen Abend ihren Abschluss. Die Hölzer waren entfernt, die Bilgen ausgeräumt. Das Silbererz und der andere Schmutz aus den Bilgen lagerte in zwei Schiet-Brooken an Deck, um später auf See über die Kante geschüttet zu werden.

Am nächsten Morgen begannen die Maschinisten die Luke zu fluten. Sei benutzten dazu die Lenzleitungen in den Bilgen, mit denen sonst die Bilgen trocken gehalten wurden. Das Wasser in Luke I stieg und ganz langsam bewegte sich die Schiffsschraube aus dem Hafenwasser. Sie war offensichtlich auf der Schwanzwelle nach achtern gerutscht und von dem Ruderblatt aufgehalten worden. Als die Schwanzwelle die Position etwa einen halben Meter über dem Hafenwasser erreicht hatte, stellte man die Seewasserpumpe, mit der man Luke I geflutet hatte, ab.

Über die Agentur hatte die Schiffsleitung ein größeres Boot aus Holz organisiert, dessen Deck nun als provisorische Arbeitsplattform diente. So konnte man sich dem nächsten Schritt widmen, der Sicherung der Schiffsschraube. Die Schraube saß noch etwas auf der Schwanzwelle und wurde vom Ruderblatt am endgültigen Absturz in Richtung Hafenschlick gehindert. Unten am Heck waren auf jeder Seite eine große Öse, „Auge" genannt, angebracht. Die Seeleute schafften es irgendwie an jedem Auge einen Kettenzug anzubringen. Die beiden Kettenzüge hatten, zusammen mit anderer Ausrüstung und Proviant für die Besatzung, die beiden Monteure aus Deutschland mit ihrem LKW mitgebracht.

Als nächstes wurden zwei breite, aus Draht geflochtene Bänder an der Schiffsschraube angebracht. An den Enden der Bänder befanden sich zwei „Augen", Schlaufen mit denen jedes Band an einen Kettenzug ein geschäkelt wurde. Die Kettenzüge wurden „durchgesetzt" und damit die Schraube erst einmal gesichert.

Jetzt konnten die Maschinisten unterstützt von den beiden Monteuren aus Deutschland im Wellentunnel loslegen. Sie mussten als Erstes die Schwanzwelle von der Antriebswelle trennen. Das bedeutete, sie mussten die sogenannte „Zwischenwelle" zwischen der Antriebswelle und der Schwanzwelle heraus montieren. Dieses Stück Welle, einige Meter lang, war mit „Schalenkupplungen" und massiven Bolzen und Muttern einerseits mit der Antriebswelle und andererseits mit der Schwanzwelle verbunden. Das tonnenschwere Teil musste mit „Hubzügen" abgefangen und von Antriebs- und Schwanzwelle gelöst werden. Auf Grund der massiven Bauweise mussten die Muttern auf den Bolzen mit Schlagschlüsseln gelöst werden. Das bedeutete, die Schlüssel aus massivem Stahl hatten nur einen kurzen Arm auf den mit einem schweren Hammer geschlagen werden musste, bis sich die Mutter löste. Eine anstrengende Arbeit, die noch durch die Enge des Wellentunnels erschwert wurde.

Irgendwann war auch dieses Werk vollbracht und die Zwischenwelle lag gesichert am Boden des Wellentunnels.

Jetzt wurde es spannend, denn jetzt musste die Schwanzwelle mit der aufsitzenden Schiffsschraube gezogen werden.

Sie war im sogenannten „Stevenrohr" in einem Lager aus Pockholz gelagert. Pockholz ist eines der härtesten Hölzer überhaupt, das die Welle lagert, das Lager gegen das Seewasser abdichtet und auf Grund seines hohen Fettgehalts auch noch schmiert.

Mit Kettenzügen zogen die Maschinisten die Schwanzwelle in das Schiffsinnere. Parallel dazu hielten die Seeleute die beiden Kettenzüge an der Schraube „tight". damit keine Lose aufkam und die Schraube von der Welle rutschte und womöglich weiter beschädigt wurde.

Irgendwie klappte aber alles ohne Zwischenfälle. Nach einigen Stunden hing die Schraube vor dem Stevenrohr und die Schwanzwelle ragte in den Wellentunnel.

Jetzt konnten auch die Schäden an der Anlage begutachtet werden. Die Sicherung der Schiffsschraube war zerstört und Welle und Schraube beschädigt worden. Der aus Hamburg gekommene Vertreter des „Germanischen Lloyd", der Klassifikationsgesellschaft, machte ein bedenkliches Gesicht, als er dem Kapitän die schwierige Lage erläuterte. Er wäre mit einer provisorischen Reparatur einverstanden, das Schiff könnte bis zum nächsten Hafen fahren, allerdings nur unter der Bedingung, dass die Maschine unter keinen Umständen auf „zurück" gefahren werden dürfte....

Der Alte beriet sich mit dem 1.Offizier und dem Chief, dem Leiter der Maschinenanlage. Letztendlich entschieden die drei Herren, dass sie dem Vorschlag des GL-Vertreter zustimmten. Die Schäden an Welle und Schraube wurden also notdürftig repariert und alles wieder zusammengebaut. Nach zwei Tagen waren die Arbeiten abgeschlossen, auch ein Probelauf an der Pier ergab keine Auffälligkeiten.

Auch Luke I war leer gepumpt und Bugdielen im Unterraum wieder verlegt worden. Die Luken waren verschalkt, die Ladebäume in den dafür vorgesehenen Stützen gelagert und das Schiff somit seeklar. Die Behörden hatten das Schiff ausklariert. Damit stand der Reise zum nächsten deutschen Hafen nichts mehr im Wege.

Die Hafenschlepper zogen das Schiff von der Pier und die

meisten Seeleute waren froh, dass es wieder weiter ging. So mancher hatte auch Schulden beim Funker...

Die normale Routine hielt wieder Einzug in das Leben an Bord. So schrubbten die Seeleute jeden Morgen vor dem Frühstück von sechs bis halb acht das hölzerne Bootsdeck. Es sollte schön sauber sein, wenn die wenigen Passagiere sich nach dem Frühstück auf dem Bootsdeck die Zeit vertrieben. Auch dass der Alte die Rettungsboote mit Seewasser fluten ließ, war nichts Außergewöhnliches. Bei den Rettungsbooten handelte es sich nämlich um hölzerne, in „Klinkerbauweise" gebaute Boote, deren Nähte nach längerem „trocken stehen" leck schlugen. Das heißt, das trockene Holz schnurrte zusammen und die Nähte wurden undicht. Keine große Sache, nach wenigen Stunden waren durch das Fluten mit Seewasser das Holz aufgequollen und die Nähte wieder dicht.

Spannend wurde es einige Tage später als der Alte, es war ruhiges Wetter und man hatte am vorigen Tag die Straße von Gibraltar passiert, ein Bootsmanöver ankündigen ließ. Die See war ruhig, nur eine leichte Dünung aus Nordwest regte das Schiff zu sanften Bewegungen an.

Nach dem Frühstück ließ der Alte das Backbord-Boot klar machen. Auch legte er großen Wert darauf, dass die drei Herren aus der Maschine, die im letzten Hafen von der Polizei an Bord gebracht worden waren, weil sie an Land in einschlägigen Kneipen randaliert hatten, auch in dem Boot Platz nahmen...

Es lief auch alles wie am Schnürchen. Der Alte legte den Maschinentelegraphen auf „Stop" und die Maschine stand. Dann wurde das Backbord-Boot mit den Davits ausgeschwungen, die Seeleute stiegen ein und der Zimmermann fierte das Boot mit der Winde zu Wasser. Die Seeleute hakten die Bootsläufer aus, holten die losgeschmissene Fangleine ein und trieben achteraus...

In diesem Augenblick erinnerte sich der Alte, dass sein Schiff ziemlich behindert war, denn er konnte nicht „rückwärts" geben... So'n Sch... Er bekam vor Ärger einen roten Kopf und fuhr den Dritten an, er solle nicht so frech grinsen und sofort den Ersten auf die Brücke bitten. Das Backbord-

Boot war inzwischen schon einige Kabellängen abgetrieben.

Die beiden Herren waren sich sofort einig, so schnell wie möglich musste das andere Boot zu Wasser gelassen werden, denn das Steuerbord-Boot hatte einen Diesel-Motor im Gegensatz zu dem Backbord-Boot, das nur über Ruder verfügte.

Das Steuerbord-Boot kam auch gut zu Wasser und auch der Motor, der für seine Macken bei früheren Bootsmanövern in schlechter Erinnerung war, sprang willig an. Außerdem ließ der Chief noch einen Kanister mit Diesel als Reserve mit einer Leine in das Boot fieren. Dann wurde die „Fangleine" an Bord los geworfen und das Motorboot nahm Kurs auf das Ruderboot, nahm es in Schlepp und fuhr hinter dem noch immer davon treibenden Frachter hinterher. Mit Einbruch der Dunkelheit erreichten die beiden Boote den Frachter.

Der Alte auf der Brücke zeigte keine Regung.

Der Erste hatte die Sterne geschossen, die Position in die Seekarte eingetragen und sich sofort auf das Bootsdeck ein Deck tiefer begeben um die Rückkehr der „verlorenen Söhne" zu beaufsichtigen. Die Dünung hatte gegen den Nachmittag etwas zugenommen, aber dennoch gelang es den Seeleuten die Boote unbeschädigt an Bord zu nehmen. Unangenehm war nur die Tatsache, dass die Bootswinden keinen Motor hatten und die Boote mit Handkurbeln hinaufgezogen werden mussten. Man wechselte sich ab. Auch die Stewards und der Kochsmaat machten mit. Nur der Koch erklärte sich für unabkömmlich in der Kombüse. Das nahm ihm auch keiner übel, denn mit seiner Figur wäre er kaum die Treppen hinauf gekommen, geschweige denn hätte er die Handkurbel bedienen können.

Letztendlich hatte das Abenteuer aber noch ein versöhnliches Ende. Der Steward schleppte im Auftrag des Kaptäns zwei Kisten Bier an, die gerne angenommen wurden.

Das ganze Abenteuer war noch Tage danach „das" Thema in der Messe. Allerdings wurden mit der Zeit die Wellen immer höher und einer der „Ruderer" wollte sogar einen Hai gesehen haben…

18. Der Untergang der „Ana D."

Frank saß auf der Straße. Seine langjährige Reederei hatte ihn „freigestellt" also gekündigt. Es war ganz einfach, die Reederei hatte ihre Schiffe ausgeflaggt und ihm eine Abfindung ausgezahlt. Nie hatte er im Traum daran gedacht, dass ihm, einem Funker, das je passieren könnte. Aber die Zeiten waren härter geworden. Man schrieb das Jahr 1974 und der Container setzte sich langsam in der Schifffahrt durch. Die neuen Schiffe waren größer und brauchten weniger Leute als die alten, konventionellen Stückgutfrachter, bei denen jeder Sack, jede Kiste mit dem Ladegeschirr übernommen werden mussten. Das bedeutete kürzere Liegezeiten in den Häfen, aus Tagen, ja mitunter auch Wochen, wurden wenige Stunden. Außerdem lagen die Container-Terminals in der Regel weit weg von der jeweiligen Stadt, so dass sich ein Landgang erübrigte.

Missmutig wanderte Frank von dem Seemannsheim am Fischmarkt, wo er abgestiegen war, Richtung Admiralitätsstraße. Er hatte noch einen „dicken Kopf" von der vergangenen Nacht, denn der Abend in der Haifischbar neben dem Seemannsheim war etwas länger geworden. Irgendwie hatte er das Gefühl, dass ihm seine gewohnte Welt abhandengekommen war. Jetzt hatte man auch noch Max pensioniert und seinen „Heuerstall" auf dem Stintfang, dem heutigen Hotel Hafen, einem ehemaligen Seemannsheim, aufgelöst. Jetzt mussten die Seeleute sich zum Arbeitsamt in der Admiralitätsstraße begeben, wenn sie ein Schiff suchten.

Frank ging zu Fuß. Einerseits wollte er an der frischen Luft einen klaren Kopf bekommen, andererseits aber auch das Taxi sparen, denn er musste grundsätzlich auf sein Geld achten. Wer wusste schon in diesen unsicheren Zeiten, wie lange er auf ein Schiff warten musste.

Beim Arbeitsamt gab es für Frank eine angenehme Überraschung. Allerdings musste er zuerst eine Nummer ziehen und warten, bis diese aufgerufen wurde. Was sollte der Blödsinn… Frank wollte sich doch nur nach einem Schiff erkundigen. Stattdessen saß er auf einer unbequemen Holzbank, zusammen mit allen möglichen, leicht abgewrackten Typen, und wartete auf seine Nummer.

Dann war es endlich soweit. Seine Nummer wurde aufgerufen. Etwas misstrauisch, was sollte der moderne Kram, ging Frank durch die Tür in den Raum nebenan. Hier standen drei Schreibtische mit je einer Person und an der Decke war über jedem Schreibplatz eine Tafel mit einer Nummer angebracht. Frank fand seine Nummer und näherte sich dem betreffenden Schreibtisch. Der Beamte stand auf, begrüßte Frank mit Handschlag und fragte nach seinem Begehr. Frank war angenehm berührt, setzte sich auf den bequemen Stuhl vor dem Schreibtisch und erklärte seine Situation. Er müsste so schnell wie möglich wieder ein Schiff bekommen, denn der Urlaub war zu Ende. Auch zeigte er sein Seefahrtsbuch, nur gute Fahrtzeiten, wenige Reedereien mit jeweils zwei bis drei Schiffen. Das heißt, er blieb schon mal länger bei einer Reederei, wenn die Umstände es erlaubten.

Der freundliche Mensch hinter dem Schreibtisch, warf einen Blick in das Seefahrtsbuch und griff sich den Karteikasten auf dem Schreibtisch. Nach einigem Suchen zog er eine Karteikarte aus dem Kasten und wandte sich an Frank: „Das könnte etwas für Sie sein. Ein Stückgutfrachter von 8000 BRT, die Ana C., fährt in Charter auf der Linie Dänemark –Brasilien. Anmusterungshafen ist Aarhus. Das Schiff soll morgen Nachmittag auslaufen."

Frank war begeistert. Er erhielt noch die Adresse des Reederei-Vertreters in Hamburg und verabschiedete sich, denn den Dampfer wollte er auf keinen Fall verpassen.

Auf der Straße winkte er einem Taxi und ließ sich zu der angegebenen Adresse fahren. Bei dem Agenten lief auch alles glatt, er erhielt einen Heuerschein und eine Fahrkarte für die Fahrt mit der Bahn nach Aarhus. Jetzt musste er nur noch zum Seemannsamt, sich in die Musterrolle eintragen lassen, dann zum Seemannsheim, die Klamotten packen und bezahlen. Es klappte auch alles wie am Schnürchen, eine halbe Stunde vor Abfahrt des Zuges stand Frank am späten Nachmittag auf dem Bahnsteig und wartete auf den Zug nach Aarhus. Auch die

Fahrt verlief gut und spät in der Nacht kam Frank in Aarhus an. Er besorgte sich ein Taxi und ließ sich an Bord bringen.

Frank konnte auch gleich seine „Funkerkammer" beziehen, denn sein Kollege war nicht mehr da. Wie er später vom 2.Offizier erfuhr, hatte sein Vorgänger ständig Probleme mit dem „Alten" (Kaptän) und Hals-über-Kopf das Schiff verlassen.

Der Alte lieferte am nächsten Tag auch prompt ein Beispiel für seine, sagen wir, speziellen Interessen. Er bestellte nämlich den Funker und den 2.Offizier in seinen Salon und konfrontierte die beiden mit der Bitte, sie möchten doch an Land gehen und für ihn 600 Pornofilme besorgen, die er seinerseits in Brasilien unter die Leute bringen wollte…

Pornos waren in den frühen 70er Jahren in Deutschland noch verboten, aber in dem liberalen Dänemark erlaubt. Vor allem die Seeleute auf den kleineren Schiffen, die Dänemark regelmäßig anliefen, verdienten sich mit dem Schmuggel ein schönes Zubrot. Auf jeden Fall zogen die beiden, der Funker und der 2.Offizier, los und besorgten die Dinger für den Alten.

Die Stimmung an Bord war prächtig. So eine schöne Reise, zuerst Ostseehäfen und dann nach Brasilien, darunter Häfen wie Santos und Rio de Janeiro, ein Traumtrip. Die Besatzung, insgesamt 31 Personen, darunter zwei Stewardessen, wohnte zum Teil auf dem Kiez (St.Pauli). Es waren gute Kameraden, wenn auch mitunter etwas durstig. Im Gegensatz zu heute lebten damals auf St.Pauli viele Menschen, die nicht so sehr mit weltlichen Gütern gesegnet waren, Hafenarbeiter, Seeleute und andere Arbeiter, denn die Mieten waren günstig.

Die Reise begann viel versprechend. Man lief noch verschiedene Häfen in der Ostsee an, die Besatzung, alles „alte Hasen", verstand ihr Handwerk und so gab es keine Unfälle und Verzögerungen. Allerdings war man allgemein erleichtert, als das Schiff die Schleuse in Brunsbüttel verließ und auf der Elbe in Richtung Nordsee fuhr. Bei dem Feuerschiff „Elbe 1" wurde der Lotse von einem kleinen Lotsenboot abgeholt und zum Lotsendampfer gebracht.

Es wirkte mitunter schon etwas gefährlich, wenn der Lotse,

oft schon ein etwas älterer Herr, die Lotsentreppe, eine Art Jakobsleiter, an der Außenwand des Schiffes hinabstieg und auch bei kabbeliger See von dem kleinen Motorboot aufgepickt wurde.

Der Alte stand draußen in der Nock und beobachtete den Abgang des Lotsen. Kaum war der im Lotsenboot und dieses frei von dem großen Frachter, ging der Alte gemessenen Schrittes, wie es seine Art war, in die Brücke und gab die Anweisungen „Volle Fahrt voraus" und nach einem Blick auf die Uhr, „08.12 Uhr Anfang der Seereise". Der 3.Offizier beeilte sich die Anweisungen auszuführen, denn er wollte den Alten nicht reizen. Wie so manch anderer Kaptän nutzte auch der Alte auf der „Ana C" den Dritten als Blitzableiter...

Der „Dritte" legte also den Maschinentelegraphen auf „Voll voraus" und ging in den hinter der Brücke liegenden Kartenraum und trug in das Tagebuch „0812, Anfang der Seereise" ein. Dann ging er zum Rudergänger, stellte den aktuellen Kurs ein, schaltete das Steuer auf „Automatik" und entließ den Matrosen.

Der Alte ging zum Radar, warf einen Blick auf den Bildschirm und nach einem weiteren Blick durch die Fenster, es war schönes Wetter, die Sonne schien, verließ er mit der Bemerkung, „Ich bin im Salon, Frühstücken – wenn etwas unklar erscheint, rufen Sie mich bitte...", die Brücke.

So nahm die Reise ihren Verlauf. Man fuhr durch die Nordsee, den Englischen Kanal, bekam in der Biscaya ordentlich „Einen auf die Mütze", das heißt zwischen Ausgang des „Englischen Kanals" bis „Kap Finisterre" an der Nordwest-Spitze Spaniens hatte man etwas schlechtes Wetter. In der schweren See ging das Schiff ordentlich „zukehr", aber es entstanden keine größeren Schäden. Die Ladung, Stückgut, war ordentlich gestaut und gelascht, wie Kontrollgänge durch die Luken ergaben.

Auf Gran Canaria, im Hafen von Las Palmas, legte man für einige Stunden zum Bunkern an. Der Treibstoff war dort relativ günstig und so machte man an der Pier „Generalissimo Franco" fest. Es gab auch Landgang und der eine oder andere, der seine acht Stunden Arbeitszeit voll hatte, marschierte an Land zum „Plaza Santa Catalina", dicht beim Hafen. Hier gab es einige Cafe's und kleinere Lokale in denen das Bier und der Wein sehr günstig waren…

Gegen Abend war das Bunkern abgeschlossen, die Besatzung wieder an Bord, wenn auch der eine oder andere mit einer gewissen Schlagseite… Frank hatte sich zurück gehalten, denn er hatte noch einiges zu tun. So war er für die Papiere für das Ein- und Ausklarieren, das heißt für die Abfertigung des Schiffes durch die lokalen Behörden verantwortlich. Außerdem hatte er sowieso keine Lust an Land zu gehen.

Der Lotse kam und das Schiff legte ab. Die Seeleute holten die Gangway ein, verstauten die Festmacherleinen, die von den Festmachern an der Pier losgeworfen worden waren und machten das Schiff wieder seeklar – Routine für eine eingespielte Crew…

Die Ana C. nahm Kurs auf Südamerika, fuhr durch das Passatgebiet und alle an Bord waren guter Stimmung. Brasilien lockte. Nichts deutete auf ein nahes Unheil hin.

An dem Unglücksabend hatte Frank sich mit einer der Stewardessen, einer bekennenden Lesbe, auf ein Glas Krimsekt in der Funkbude verabredet. Er wusste ja, dass er bei ihr nicht landen konnte, aber nichts destotrotz hatten sie sich etwas angefreundet. Die Dame hatte sich verspätet und Frank hatte gerade die Flasche geöffnet und sich ein Glas von dem leckeren Krimsekt eingeschenkt, als ein Grundstoß das Schiff erschütterte. Die Erschütterung war so stark, dass die Flasche in hohem Bogen vom Tisch flog und auch etliche Bücher und Souvenirs aus den Regalen fielen.

Geistesgegenwärtig bewegte Frank sich rasch in den Funkraum. Für alle Fälle fuhr er die Sender hoch, denn sie mussten jedes Mal neu abgestimmt werden. Dann kämpfte er sich gegen die zunehmende Schlagseite zurück in seine Kammer. Sie lag neben dem Funkraum hinter dem Kartenraum auf Steuerbord-Seite. Unterwegs hörte er noch den Kaptän fluchen: „Verdammter Mist…"

In seiner Kammer sammelte Frank die Seefahrtsbücher der

Besatzung aus dem Tresor und packte sie, zusammen mit seinen persönlichen Papieren und einer Stange Zigaretten in eine Tasche. Die Tasche verkeilte er hinter der Tür, damit sie schnell greifbar war.

Frank war klar, dass das Schiff auf ein Hindernis aufgefahren war und anscheinend schwer beschädigt im Atlantik trieb. Also musste er erst einmal auf die Brücke, um Näheres zu erfahren.

Mühsam kämpfte Frank sich gegen die Schlagseite auf die Brücke und bekam gerade noch die Anweisung des Kaptäns mit: „Beide Boote zu Wasser!" Geistesgegenwärtig fragte er den Alten: „Soll ich SOS absetzen?" – „Ja, wenn Sie noch können…" – „Wo sind wir?" – „Bei den „Peter und Paul – Felsen."

Das reichte für Frank. So schnell wie möglich sauste er in die Funkbude und setzte mehrmals das „SOS" mit Positionsangabe ab.

Dann wurde ihm klar, dass er langsam auch an sich denken musste, wollte er nicht wie eine Ratte mit dem sinkenden Schiff untergehen. Also griff er sich seine gepackte Tasche aus seiner Kammer und turnte auf die Brücke. Hier war niemand mehr. Die Decksbeleuchtung brannte noch aber das Vorschiff stand schon unter Wasser.

Frank kam gar nicht mehr zum Nachdenken. Automatisch krabbelte er hinunter auf das Bootsdeck. Dort traf er noch auf den Kaptän, den 1.Offizier und den Bootsmann. Beide Rettungsboote hatte man zu Wasser gelassen. Der Scheich versuchte gerade eine der Rettungsinseln über Bord zu werfen. Kurz entschlossen half ihm Frank das schwere Ding über die Kante zu werfen.

Da wurde er sich plötzlich der unheimlichen Stille, der Totenstille an Bord, bewusst. Keine Maschine, kein Hilfsdiesel, kein Kühlkompressor, kein Lüfter war mehr zu hören. Auf dem Bootsdeck brannten nur noch einige Lampen bei den Davits, die von Batterien gespeist wurden. Die Schlagseite nach Backbord hatte inzwischen weiter zugenommen. Ein Blick über die Kante zeigte, das Steuerbord-Boot war voll besetzt. Das bedeutete die Seeleute auf dem Bootsdeck mussten die „Jakobsleiter", eine Strickleiter, ins Backbord-Boot hinunter klettern.

Der Alte gab die Anweisung „Alle Mann von Bord!"

Frank und der Bootsmann kletterten als erste die Strickleiter hinunter. Als sie heil im Boot angekommen waren, folgten ihnen der 1.Offizier und der Kaptän. Inzwischen hatten auch die Seeleute im Boot den Dieselmotor mit der Handkurbel angelassen.

Kaum war der Alte an Bord, ließ er die Fangleine kappen, und das Boot kam von dem sinkenden Wrack frei. Als Nächstes ließ er das Boot um das Heck der Ana C. auf die Steuerbord-Seite fahren. Dort war die Situation eskaliert. Der Chief, der Leiter der Maschinenanlage, hatte die Nerven verloren und lag bäuchlings quer über dem Bootsmotor, während sich andere mit der Handkurbel abmühten, den verdammten Motor in Gang zu bekommen. Wie es sich zeigte, hielt die Sogwirkung des sinkenden Schiffes das Rettungsboot längsseits an der Bordwand. Das sinkende Schiff war bereits zur Hälfte abgesoffen.

Im Backbord-Rettungsboot gab der Alte Anweisung, eine Leinenverbindung herzustellen und das Steuerbord-Rettungsboot von dem sinkenden Wrack weg zu ziehen. Man warf eine dünne „Schmeißleine" zum anderen Boot und die Seeleute machten sie fest. Allerdings gab der Seemann am Motor im Backbord-Boot zu viel Gas und die dünne Leine brach. Im Backbord-Boot wurden die ersten Rufe laut, „Lasst uns abhauen…"

Im anderen Boot brach eine gelinde Panik aus, die aber durch ein energisches „nochmal zurück" des Kaptäns schnell gedämpft wurde. Inzwischen hatte auch der 1.Offizier den Gashebel übernommen und der Kaptän das Steuer im Heck des Rettungsbootes. Die Leinenverbindung wurde mit einer anderen Schmeißleine wieder hergestellt und die Leine hielt dieses Mal. Ganz langsam wurde das Rettungsboot von dem sinkenden Wrack frei geschleppt.

In sicherer Entfernung vom sinkenden Schiff blieben die beiden Rettungsboote liegen und die Besatzung wartete auf die Dinge, die da kommen sollten. Sie brauchten nicht lange zu warten. Es dauerte nur wenige Minuten und das sinkende Schiff richtete sich auf und versank aufrecht, mit dem Steven voraus, in der Tiefe. Im letzten Augenblick war wohl noch ein Hilfsdiesel angesprungen und die achterlichen Aufbauten waren hell erleuchtet. Als die Brücke aber die Wasseroberfläche erreichte, flammte ein Blitz auf und die Lichter erloschen. Als schwarzer Schatten versank das Schiff in den Fluten.

Inzwischen richtete Frank seinen Notsender in dem Backbord-Boot ein. Er war in einen schwimmfähigen, knallgelben Kasten untergebracht. Der Kasten bestand aus zwei Teilen – zum einen aus dem Kurzwellensender mit den dazu gehörenden Teilen und zum anderen aus dem Deckel, der den Kasten wasserdicht abschloss.

Der Deckel wurde also abgenommen und der Sender auf einer Ducht des Rettungsbootes fest angebracht. Dann wurde die Stabantenne zusammengesteckt Als Letztes wurden die beiden Kurbeln am Sender installiert und Frank griff sich Kopfhörer und Morse-Taste.

Jetzt übernahmen zwei Seeleute je eine Kurbel und kurbelten so schnell sie konnten. Mit den Handkurbeln wurde ein Dynamo angetrieben, mit dem der Sender betrieben werden konnte. Frank schickte pausenlos eine SOS-Meldung in den Äther, aber auf den Empfangsfrequenzen hörte er nur brasilianische Musik. Er beriet sich mit dem Kaptän und sie verständigten sich darauf, dass sie es ab Sonnenaufgang wieder versuchen sollten.

Und siehe da, der brasilianische Musikliebhaber hatte wohl Feierabend gemacht und sie hatten gleich mit drei Schiffen Kontakt… Der Nächststehende, ein englischer Steamer, pickte sie einige Stunden später auf und brachte sie wohlbehalten nach Brasilien.

Der Rückflug nach Deutschland war bei ihrer Ankunft schon gebucht. Der eine oder andere der Besatzung hätte gern noch ein paar Tage in Rio angehängt…

Wohlbehalten kamen sie in Deutschland an und die Reederei zeigte sich bei der Entschädigung für die verlorenen persönlichen Effekten recht großzügig…

18.   Auf' m Kiez

Das ältere Ehepaar hatte geerbt. Vor Gericht, bei der Testamentseröffnung waren die beiden etwas überrascht, als sie erfuhren, dass sie von dem verstorbenen Bruder des Mannes als Erben eingesetzt worden waren.

Es war nämlich so, dass die beiden Brüder sich zu Lebzeiten nicht sonderlich verstanden und eigentlich nur bei größeren Familienfeiern aufeinander trafen. Naturgemäß handelte es sich dabei inzwischen mehr um Jubiläen beziehungsweise Trauerfeiern.

Bei der Erbschaft sollte es sich um ein kleines Hotel auf St.Pauli handeln. Die Beiden waren sich nicht ganz schlüssig, ob sie das Erbe in dieser etwas verrufenen Gegend überhaupt annehmen sollten. Aber letztendlich siegte der gesunde Menschenverstand über die Bedenken. Schließlich stammte es von einem nahen Angehörigen und die Enkel würden sich sicher auch über ein Erbe freuen, wenn sie beide eines nicht allzu fernen Tages abberufen werden würden.

So standen sie also an einem regnerischen Nachmittag vor dem älteren Haus in einer Seitenstraße auf St.Pauli. Das Haus hatte drei Stockwerke und die Eingangstür lag etwas höher, drei Stufen über dem Straßenniveau. Der Wirtschafter wartete schon. Man hatte sich telefonisch verabredet. Er wollte den Beiden das Haus zeigen und die Schlüssel übergeben.

Was den älteren Herrschaften schon geschwant hatte, bei dem Hotel handelte es sich um ein Stundenhotel. Die Beiden blieben gefasst, ließen sich die Zimmer zeigen, die in unterschiedlichen Farben dekoriert waren, mit einem großen Bett, dem Arbeitsplatz der „Leichten Mädchen". Die sanitären Anlagen befanden sich auf jedem Stockwerk am Ende des Ganges. Natürlich waren die Zimmer mit einem Alarmknopf ausgerüstet, schließlich handelte es sich bei der Kundschaft in der Regel nicht unbedingt um harmlose Kirchgänger.

Rechts vom Eingang befand sich eine Art Loge mit einem Tresen zur Tür, das Reich des Wirtschafters. Daran schloss sich ein Raum mit einem Tisch, zwei Stühlen und einer Küchenzeile an.

Das ältere Ehepaar hatte sich alles zeigen lassen und der ehemalige Wirtschafter hatte sich mit den besten Wünschen verabschiedet. Es wurde Zeit für ihn, denn er hatte ein Engagement zwei Häuser weiter übernommen.

Die Beiden zogen sich erst einmal in den kleinen Raum an den Tisch zurück. Von dieser Position aus konnten sie durch die Türöffnung auch den Eingang im Auge behalten. Die Frau hatte Kaffee gekocht und so warteten sie auf die Dinge, die da kommen sollten.

Es dauerte nicht lange und die erste Kundschaft kam. Es handelte sich um eine junge Frau, die ihre Tasche bei den Beiden deponieren wollte. Sie hatte schon gehört, dass ein älteres Ehepaar den Job des Wirtschafters übernommen hatte. Die angebotene Tasse Kaffee schlug sie aus, übergab die Tasche, griff sich einige „Pariser" aus dem Körbchen auf dem Tresen und verschwand mit einem freundlichen „Tschüss" durch die Tür.

Jetzt ging es Schlag auf Schlag. Die „leichten Mädchen", etwa ein Dutzend, alles Stammgäste, erschienen, gaben ihre Taschen ab und verschwanden auf die Straße.

Nach einer halben Stunde kam die Erste zurück, mit einem philippinischen Seemann im Schlepptau. Auf der Straße warteten drei Kollegen, die ihren Kameraden bis zur Tür begleitet hatten. Die Drei amusierten sich königlich, bis der Kollege wieder kam. So ganz schien er nicht zufrieden. Es handelte sich wohl nur um eine kurze Nummer…

So ging es die ganze Nacht. Irgendwie stand das Ganze unter einem guten Stern. Die Freier waren zahlreich und die Mädchen hatten gut zu tun.

Überhaupt waren die Mädchen mit den neuen Wirtschaftern sehr zufrieden. Sie sorgten dafür, dass die Putzfrau ihre Arbeit vernünftig machte, dass immer frische Handtücher vorhanden waren und hatten auch immer ein offenes Ohr für die Probleme der Mädchen. So zum Beispiel, wenn ein „Lude" Druck machte. – Apropos Luden, deren Aufenthalt in dem Hotel wurde nicht geduldet. Männer waren nur als Kunden willkommen.

Nach einigen Wochen zogen die Beiden Bilanz. Es hatte keinen Zweck, sie mussten das Hotel verkaufen. Erstens waren sie nicht mehr die Jüngsten und sich jede Nacht um die Ohren zu schlagen, fiel ihnen immer schwerer. Außerdem nicht auszudenken, wenn ihre Schwestern und Brüder im Glauben erfahren würden, dass sie ein Stundenhotel betrieben…. Dann säßen sie in deren Augen bestimmt schon zu drei Vierteln in der Hölle. – Sie gehörten nämlich zu der Glaubensgemeinschaft der „Zeugen Jehovas"…

Seemännische Ausdrücke und Begriffe

abflauen	abnehmen des Windes
abreiten	mit dem Kopf in die See besseres Wetter abwarten
abwracken	Schiff verschrotten
achteraus	nach hinten
achteraus segeln	Schiff verpassen
Achterdeck	hinterer Teil des Decks
Achterschiff	hinterer Teil des Schiffs
Achtersteven	hinterster Teil des Schiffsrumpfes
Alte, der	Kaptän, umgangspr.
an Bord	auf dem Schif
Ankerklüse	Rohr durch das die Ankerkette geführt wird
Anker lichten	Anker hoch holen
Ankerspill	Ankerwinde
arbeiten	Rollen und stampfen des Schiffes in der See
Aufbauten	Bauten über dem Hauptdeck über die Breite des Schiffes
aufklaren	1. Aufräumen, 2. Wetter bessert sich
aufschießen	Taue im Kreis legen
Auge	1. große Öse aus Stahl 2. gespleißte Schlinge in Draht oder Tau
aus dem Ruder laufen	unbeabsichtigte Kursänderung
Back	Aufbau auf dem Vorschiff
Back	Tisch in der Messe
Backschaft	Geschirr abwaschen, Essen von der Küche in die Messe bringen
backbord	links
Barkasse	kleines Motorschiff zum Transport von Menschen im Hafen
Barre	Untiefe, Sandbank
Belegen	eine Leine auf Klampe oder Poller festmachen
Beachcomber	gestrandeter Seemann

Bilge	tieftster Raum im Lade- oder Maschinenraum
binnen	innen, z.B. Binnenmeer
Boje	schwimmende Tonne, Festmachertonne od. Seezeichen
Brandung	Brechen der Wellen a. d. Küste
Bootshaken	lange Stange mit einem Haken
Bootsmann	Vormann der Matrosen
Brise	leichter Wind
Brücke	Steuerhaus
Bucht	Schleife eines Taus oder Drahts
Bullauge	rundes Fenster
chartern	Schiff auf Zeit mieten
Chief-mate	1.nautischer Offizier
Companies	Reedereien
Dünung	lange, durch frühere Stürme hervorgerufene, sich nicht brechende Wellen
dwars	quer
Eigner	Eigentümer des Schiffes
eindocken	Schiff ins Dock bringen
Etmal	in 24 Stunden zurückgelegte Strecke in Seemeilen
Faden	Längenmaß, 1,85 m
Fallreep	Gangway, herabzulassende Treppe an der Bordwand
Fangleine	vordere Leine im Rettungsboot
Fender	Polster, das zwischen Schiff und Kaimauer gehängt wird
Festmachen	Schiff wird mit Leinen mit der Pier verbunden
fluten	einen Raum voll Wasser pumpen
Freibord	vorgeschriebener Abstand Wetterdeck - Wasseroberfläche
Funker	1. hält Kontakt über Funk mit Landstation.

2.macht an Bord Teile der Verwaltung.

Gangway	siehe Fallreep
Gang	Gruppe zusammen arbeitender Männer, z.B. Decksgang
Geien	Taljen, mit denen die Ladebäume in Position gebracht werden.
Gangspill	von mehreren Männern zu bedienende Winde
Gegenruder	beim Steuern des Schiffes, wenn dieses vom Kurs abgekommen ist.
gieren	Schiff kommt von Kurs ab und wieder zurück
Gischt	von brechenden Wellen stammende Spritzer
glasen	halbstündige Glockenschläge, acht Schläge entsprechen einem Wachtörn = 4 Stunden
Gräting	Gitter aus Holz
Grobe See	schwerer Seegang
Grundsee	hohe Wellen über flachen Stellen
Handspake	urspr. längeres Holz, das in das Gangspill hinein gesteckt wurde und mit dem von den im Kreis laufenden Seeleuten das Gangspill in Gang gehalten wurde.
Hauptdeck	Wetterdeck
Hauptspant	Spant an der breitesten Stelle, in der Mitte des Schiffes
Havarie	Beschädigung von Schiff und / oder Ladung
Heuer	Lohn der Seeleute
Heck	hinterer Teil des Schiffes
Heuerbaas	Anwerber, Arbeitsvermittler für Seeleute (hist.)
Hiev	Last am Haken
hieven	hoch ziehen
Hotel Schraube	Unterkünfte im Heck, über der Schiffsschraube
Janmaat (holl.)	Seemann

Kabelgatt	Stauraum unter der Back für Drähte, Tauwerk, Persennige u. ä.
Kabellänge	Längenmaß (1/10 Seemeile = 185 m
Kaimauer	Hafenmauer
Kai	Hafenanlage an der Wasserseite
Kimm	Grenze zwischen See und Himmel am Horizont
Kombüse	Küche
Ladegeschirr	Einrichtungen, die zum Transport der Ladung an oder von Bord benötigt wurden, also Masten, Ladebäume, Winden, Geien, Drähte
Lasching	Draht oder Seil mit dem die Ladung gesichert wird.
Leck	Loch im Schiff, durch das Wasser eindringt
Lee	dem Wind abgewandte Seite
Leichter	Schute zum Transport von Ladung
leichtern	Löschen von Ladung mit Leichtern
Leichtmatrose	angehender Matrose im 3.Lehrjahr
lenzen	eingedrungenes Wasser aus dem Schiff pumpen
lenz halten	einen Raum mit Pumpen trocken halten
Leuwagen	Schrubber mit langen Borsten
liegen	ein Schiff liegt an d. Pier, vor Anker
Limies	

(gespr. „Laimies") - „Lime juicers" – Bezeichnung für englische Seeleute.

Logbuch	Schiffstagebuch
Logis	Unterkunft
Lot	Senkblei
loten	Wassertiefe feststellen
Loten /zwischen den	Länge des Schiffes
Lotse	Berater des Kapt. in schwierigen Gewässern
Luke	Öffnung im Deck zur Übernahme von Ladung
Luv	Dem Wind zugewandte Seite

Macker	Mann, Kamerad, aus dem Niederdeutschen. In der Anrede immer mit dem „du" gebraucht. Allgem. unter Seeleuten, Schauerleuten im Hafen. In Bremen hatte sich ein anderer Ausdruck eingebürgert: „Meister"
Manntaue	an dem zwischen dem vorderen und achteren Davitarm des Rettungsbootsdavits angebrachten Stag befestigte Seile, an denen sich im Notfall Seeleute in das Rettungsboot abseilen können.
Marlspieker	Werkzeug zum Spleißen von Drähten
Master next God	Bezeichnung für Kaptän, auf See war Kapt. nur Gott verantwortlich (Scherz)
Matrose	Seemann an Deck, bis 1976 Lehrberuf m. drei Jahren Lehrzeit.
Messe	Ess- und Wohnraum
Mittschiffs	1. Mitte des Schiffs in der Länge 2.Ruderkommando, Ruder auf mittschiffs
Moses	Schiffsjunge
Nautik	Navigation
Nautiker	Inhaber eines nautischen Patents
Navigation	Ort- u. Kursbestimmung auf See
Niedergang	Treppe
Nock	Deck seitlich der Brücke
Oelzeug	wasserdichte Hosen und Jacken
Offizier	Patentinhaber (Deck oder Maschine)
Pantry	Anrichte
Passat	regelmäßiger Wind beidseits des Äquators
Persenning	schweres Segeltuch
Piek, Vor-, Achterpiek	Vorderste oder achterste Räume im Schiffsrumpf, Vorpiek häufig als Frischwassertank genutzt.

Pinne	Bei kleineren Schiffen, Griff aus Holz der im Ruderblatt steckt, mit dem das Ruder kontrolliert wird
Planke	Brett
Poller	Pfosten an Deck zum Befestigen von Festmacherleinen
Poop	achterer Aufbau (klassisches „Drei-Insel-Schiff")
Position	Standort des Schiffes
Pricker	dünner Marlspieker
Preventer	Draht, der den Ladebaum in Position hält.
Pullen	rudern
Pütz	Eimer
Rasmus	Bezeichnung für Neptun, Poseidon, Rasmus ist die See
	Redensarten: Rasmus baut Einfamilienhäuser – schwere See, Rasmus hat ihn geholt – Mann über Bord, Rasmus an Deck – Brecher schlagen über die Verschanzung.
Reede	Ankerplatz, außerhalb des Hafens
Reeder	Betreiber einer Reederei
Reiniger	Dienstgrad in der Maschine
Reling	Geländer
Riemen	Ruder
Rigg	Takelung (Segler)
Rudergänger	Matrose am Steuer
rollen	Schiff bewegt sich um die Längsachse
Sailor	Seemann
Sahling	Podest am Mast
Salon	Aufenthalts- und Speiseraum f. die Schiffsführung (Kapt., 1.Offz., Chief a.d. Maschine)
schamfielen	scheuern
Schanzkleid	Teil der Verschanzung
Schauermann	Hafenarbeiter
Schauerleute	Hafenarbeiter (Plr.)

Scheich	Bootsmann
Schlingern	durch Seegang verursachte Bewegungen des Schiffes
Schmierer	Dienstgrad in der Maschine
Schott	Wand im Schiffsrumpf
Schott	wasserdicht schließende Tür
Seemannsamt	Seemannsamt stellt die Musterrolle auf, in der jeder Seemann an Bord an- oder abgemustert wurde. Die Behörde setzte auch auf Antrag des Kaptäns Geldstrafen für Missetaten an Bord fest.
Seemeile	Längenmaß, 1,852 km
Seegang	Bewegung der Wellen
Sextant	Winkelmeßgerät für astronomische Navigation
Shanghaien	Seemann mit Tricks an Bord locken
Shanty	Seemannslied
Spanten	quer verlaufende Verstärkungen (Rippen) des Schiffskörpers
Speigatten	Löcher in der Verschanzung, damit das Wasser von Deck ablaufen kann.
Springtide	hohe Gezeiten bei Voll- und Neumond
Stag	1.Verbindung aus Tauwerk oder Draht zwischen zwei Augen (Ösen) 2.Verbindungen aus Draht zwischen Mastspitze und Deck in der Längsrichtung
stampfen	Bewegung des Schiffes um die Querachse
Stapellauf	Schiff wird erstmal zu Wasser gelassen
stauen	Ladung sachgemäß in den Laderaum packen
Stauholz	grobe, ungehobelte Bretter, die zum Stapeln der Ladung benötigt werden.
steuerbord	rechts
Steuermann	nautischer Offizier
Steven	Begrenzung des Schiffskörpers
Steward	Kellner, Backschafter
Storekeeper	Vorgesetzter der Reiniger in der Maschine
stranden	an der Küste auf Grund laufen

Stroppen	Drähte und Tauwerk in verschiedenen Längen und Stärken mit einen eingespleißten Auge an jedem Ende.
Süll	Hohe Türschwellen an Niedergängen, Lukeneingängen und Ähnlichem

Talje	Flaschenzug
Tampen	Seil
Tide	Gezeiten
Trampschifffahrt	„Freie Schifffahrt ohne feste Route
Trampreedereien	Reedereien, die ihre Schiffe an Linienreedereien verchartern oder Ladung annehmen, die für die Position des Schiffes an günstigsten ist.
Treibanker	Seeanker, Sack aus Persennige mit einem großen und einem kleinen Loch
trimmen	Schüttgut im Laderaum gleichmäßig verteilen
Törn	ein Zeitraum, zum Beispiel Wache von 8-12
Törn	eine Rundreise, z.b. Hamburg – Westindien-Hamburg
Trosse	dicke Leine

übergehen	Verrutschen der Ladung auf eine Seite
überholen	1.seitliche Neigung des Schiffes
	2.Schiff und /oder Maschine instand setzen
umlaufende Winde	Wind aus wechselnden Richtungen
unter Lee	Schiff im Windschatten, z.b. einer Insel

verholen	den Liegeplatz wechseln
verschalken	Luke wasserdicht verschließen
vertäuen	Schiff vorn und achtern an der Pier oder an Bojen festmachen.
Verschanzung	Schanzkleid
Vorschiff	vorderer Teil des Schiffes

Wachtörns	Zeitabschnitte der Seewache an Deck oder der Maschine

	1. Wachwechsel alle 4 Stunden
	2. Wachwechsel alle 6 Stunden (Kleine Fahrt.)
warschauen	vor Gefahr warnen
Watt	Meeresteile, die bei Ebbe trocken fallen
Wrack	durch Unfall oder Alter unbrauchbares Schiff
Wriggen	Antrieb eines Bootes mit nur einem Riemen
Wurfleine	Schmeißleine mit Knoten, gebraucht um damit eine Verbindung mit Land oder anderem Schiff herzustellen.